时间的河流

春泥 著

四川文艺出版社

图书在版编目（CIP）数据

时间的河流 / 春泥著. — 成都：四川文艺出版社，
2023.5

ISBN 978-7-5411-6646-4

Ⅰ.①时… Ⅱ.①春… Ⅲ.①诗集－中国－当代

Ⅳ.①I227

中国国家版本馆CIP数据核字（2023）第075147号

SHIJIAN DE HELIU

时间的河流

春 泥 著

出 品 人　谭清洁

责任编辑　黄　舜　周　轶

装帧设计　叶　茂

责任校对　段　敏

责任印制　崔　娜

出版发行　四川文艺出版社（成都市锦江区三色路 238 号）

网　　址　www.scwys.com

电　　话　028-86361802（发行部）　028-86361781（编辑部）

排　　版　四川最近文化传播有限公司

印　　刷　四川华龙印务有限公司

成品尺寸　142mm×210mm　　　　　开　本　32 开

印　　张　8.125　　　　　　　　　字　数　190 千

版　　次　2023 年 5 月第一版　　　印　次　2023 年 5 月第一次印刷

书　　号　ISBN 978-7-5411-6646-4

定　　价　49.80 元

目录

时间谜团被诗人一次次解开

——序春泥诗集《时间的河流》

吉狄马加

　　面对一个诗人的写作，我们可以有诸多理解和对话的方向。就春泥的这本诗集《时间的河流》而言，我主要结合诗人的时间意识来谈谈一些想法。正如诗集题目所标识的那样，它们揭示了诗人长久以来都要面对的永恒命题，即诗人与时间、存在的互动、叩访与探询。这让我们想到当年孔子"逝者如斯夫"的浩叹，想到古老的斯芬克斯之谜！

　　我们看到了春泥一次次站在或寂静或喧嚣的时间背景之下，"我看见世界正在沉沉睡去/大地铺开海浪和沙滩/黑夜在这一刻静止了喧哗/没有了婴儿的啼哭声/月亮升起来了//我匍匐着致敬那些退去的潮/以及还残留着的贝壳们/人们留下的脚印张开了嘴/想象飞翔的天空一望无际/还在原地打转等待归期"（《海边印象》）。春泥不断对时间境遇和时光流转做出回应或发出疑问，他倾听着时间表盘的细微声音，他用心理潮汐对此作出应答。与此同时，诗人与时间的相遇并不是外在的、旁观者式的，春泥将时间的感知和想象一次次转向内心。由此，时间被内在化、生命化和想象化之后就更具有共情的空间。值得注意的是春泥的这些诗作体现出来的时间观。诗人并不是在俯视，而是采取了与万事万物等量齐观的精神呼应，由此诗歌的智性深度和沉思空间也就得到了提升与拓展，"世界的变化也就在一瞬间完成/惊诧还没有完全消逝在水里/消息已经传递到万水千山之外/所有的人和事都停留在秋天"（《在湖边散步》）。所以，春泥诗歌中的所有与时间相关的细节、意象和场景都具有同等的重要性，尤其是那些细小和幽暗之物都获得了诗人的精神观照。时间的谜团在诗人这里得以一次次地解开……尤其值得注意的是春泥的这些与时间境遇密切关联的诗歌，其中有一部分涉及传统农业文明的场景和意象——比如躬身劳作的场面，它们对应了古老的时间序列，也蕴含了现代性时间背景之下的巨变和转捩。在时间的河流中，诗人充当了灯盏和船只的功能，摆渡和指引是诗人面对时间时的经典动作。面对天空、黑夜和大地这样的永恒之物以及轮回的季节往复，诗人很容易产生迷惘的感受，永恒之物和瞬间之物在诗人这里被一次次掂量、比较和评估，这也正是千百年来诗人们所生发出来的"千古愁"。对于春泥而言，他是同时站在过往、此刻以及未来的三个时间刻度来面对自我、生命以及整个世界的。

诗人春泥的写作，充满哲学意味的思辨。在他的诗行中，时间并非一种抽象存在，而是以距离、速度、季节、夜晚、白昼等形式，呈现出一种可感知的状态。"也许白昼和流星之间的距离/正在不可避免地徐徐拉开"（《海边印象》）。为了克服这不可逆的单向度流失，人类唯有通过提高速度、效率等方式，来让时间在我们的生命周期呈现出重金属般的延展性。有一种科学理论认为，人如果能够以光速旅行，就能回到过去与曾经的自己相遇。"这是一段奇妙的旅程/人们终将穿梭不息"（《欣喜》）。这真是一个既难以实证也无从证伪的命题。尽管芝诺的"阿基里斯与龟"已经广为人知，但诗人显然不会被这些纯逻辑的悖论所困扰。正如"出发和抵达都是一种收获/或许永远在路上才会遇见"（《机场》）。在具体而微的可触摸的现实生活中，与时间、距离和速度相关的形而上哲学命题则改变了其面貌，以另一种形式出现在诗人面前。"世界瞬息万变又高深莫测/要停留在哪里，才算是抵达"（《听见时间的声音》）。

在现实条件下，我们不能实现时空旅行，但我们可以在大地上奔跑。翻开诗集《时间的河流》，从目录中我们可以看到诸多有关以"跑步"为题的篇什。我粗略统计了一下，几达篇目总数的十分之一以上。这充分表明，诗人不仅是一个言说者和思想者，更是一个生命诗学的践行者。不跑步的人很难想象，一个诗写者，居然同时也是一名资深跑者。或许从他的诗句"直到可怕的时间成为敌人"（《听见时间的声音》），得以一窥堂奥。换个角度来看待此一问题，将其解读为人类自古以来的本能和尝试也未尝不可，那就是：向有限的时间索取无限可能。如同"夸父逐日"这则神话所蕴含的无穷魅力，跑步让一位诗人的现实生活具备了文化原型的寓意。听说那些热爱跑步的人之所以热衷于奔跑，除了通过剧烈体育运动可以消耗能量，还能让大脑产生内啡肽从而获得身心愉悦。但它真的能像诗人搜肠刮肚写作一首诗时，苦思冥想中向词语求取宇宙奥义时那样得到同样高烈度的精神回报吗？春泥的诗行用他特有口吻对这一诘问进行了回答，"在匆忙行进的世界里／所有的忧伤都已随风而逝"（《奔跑》）。我写诗，但我不跑步，我熟知在词语中找虐的妙趣之所在，并且乐此不疲。但我并不了解跑步带给诗人身心愉悦。我知道村上春树几十年如一日坚持跑步，媒体报道说他已经跑过了上万里路。这让我不禁感到有些惊讶。我不知道，诗人春泥是否也像村上春树那样，之所以喜欢跑步，还有另外一重更不为人知的原因：那就是他们都很享受跑步中那段独处的时间。是的，"在云端里写诗／在泥泞中奔跑"（《奔跑》），这样的二分法对生活并非始终有效，但也不失为一种充满洞见的人生策略。"没有什么能阻挡黎明的到来／一切事物终归会按照规则运行"（《细雨中奔跑》）。历尽世事沧桑后依然持有乐观豁达，真耶假耶，孰是孰非，诗人心中自有一块试金石。

不得不说，春泥在诗写中表现出的某种高蹈气质是不言而喻的。"浩瀚的星空闪烁着无垠的光芒／奔跑在万千事物盛开的季节里"（《追光奔跑》）。在对跑步的坚持过程中，春泥"遇见"的"奇迹"，给他的生命带来了气势磅礴的开阔视野，给他的诗行带来了充满压迫感的节奏。"越过你的目光和肩膀／我看到了更远的山峰"（《生日》），"行走在路上的风景动人心魄/只有跋涉，才能不断领略"（《立春》），"没有理由拒绝期待已久的鼓掌/春天的列车不会为谁而停留"（《关于春天》）。这些"不足为外人道"的感受、认知和渐悟，是生命体验和生活经验的"非常名"和"道可道"，静水流深，真力弥满，积累非一朝一夕，最终涓滴融汇，成就了他在写作道路上源远流长的"个人的诗泉"的泉眼之一。

像很多对时间充满敏感的诗人一样，春泥对节气、时令和季节的感知也体现在他的诗歌题目上。比如《谷雨》《芒种》《雨水》《惊蛰》《小满》《春分》《立春》等，就直接以节气作为自己诗歌写作的命题，把个体生命在语词间的历险跟五千年的历史征候相结合，令他的诗歌接续了农耕文明的根脉和气息，并秉承了亚洲大陆所特有的深厚、宽广和辽阔，让文本在诗人对时间的深度观照下拥有得以完成的可能，并最终达至平和、轻盈、温润和饱满，且圆转自如。

其他诸如《怀念玉米》《风吹麦浪》《触摸稻田》《走在时间的边缘》《七月的光》等，无一不反映了诗人与这种文化资源和精神矿脉之间的传承与依存关系。

另一方面，诗歌写作的过程就如同俄耳甫斯与命运抗争的过程，既充满了怀疑和持续自我否定，也充满决绝和大义凛然。从"新生和换季会出现阵痛/拔节是岁月的另一种见证"（《风吹麦浪》），到"无拘无束地盛开在时光深处/燃烧自己点亮破碎的声音"（《支离破碎的时光》），再"直到燃烧的神圣时刻/选择与理想一起埋葬"（《疼痛》）。这过程饱含生命的艰辛，充满疼痛的煎熬，一个词即是一场灵魂的拷问，一行诗即是一次赴汤蹈火的征途，诗人唯有"踏上属于自己的飞翔旅程"（《突如其来》），去"努力追逐属于自己的梦想"（《关于绽放》），才能最终"在天地间升腾起一道彩虹"（《突如其来》），"在一望无际的原野和山岗/遇见春暖花开，寂静欢喜"（《关于绽放》）。

还有一点，春泥的这些诗语言大体比较自然、平易，"自然是最好的诗句/拒绝一切矫揉造作/在浮夸的世界里/急需朴实无华回归最初/最好的安排也不过如此/在半夜写几行能读懂的诗"（《在半夜写诗》）。

我们还注意到春泥的诗歌具有较强的抒情质地。尽管我们在世界诗歌格局中越来越强调诗歌的现代性以及复杂的诗歌技巧和经验传达的复杂性，但是当"诗"与"歌"能够较好平衡的话，诗歌的传播空间和辐射广度也是可想而知的。

在一年春天已经到来的时候，祝贺春泥这本诗集的出版，也希望春泥沿着诗歌这条路继续走下去。

2023年3月7日于北京

邛海边

满天朝霞落在水边

如同绽放的花朵

光芒就是你的眼睛

忧郁的水面荡起微澜

漫过了我的心

你扬起头天真地微笑

我在努力寻找

你青春年少的模样

走在水边听见你的笑声

你攀登过的螺髻山

鸟儿飞起来了

又栖息在树枝

那些深深浅浅的脚印

还是向前走的方向

要怎样才能抵达

原来的起点已经模糊

姿势倾斜步履急促

无论如何也要保持平静

安宁河谷山花烂漫

就像春天那样

温暖一个冬季

2020年10月20日

海边印象

我看见世界正在沉沉睡去
大地铺开海浪和沙滩
黑夜在这一刻静止了喧哗
没有了婴儿的啼哭声
月亮升起来了

我匍匐着致敬那些退去的潮
以及还残留着的贝壳们
人们留下的脚印张开了嘴
想象飞翔的天空一望无际
还在原地打转等待归期

也许白昼和流星之间的距离
正在不可避免地徐徐拉开
而我们还在奔跑着幻想着
天地万物复苏的迹象
就像这潮水来往不息

2020年10月25日

欣　喜

就在我们转身的这一刻
鸟儿划过了寂静的天空
放风筝的孩子吹着口哨
那些五颜六色的花朵和小草
以及城墙边的野百合
一切的生物和植物
都在春风里欣然地疯长

美好的图画透着生机
在河流中潺潺地流淌
那些人和事都已经走远
进入了一个封冻的季节
顽强绽放的那些欣喜
纷纷跑出来定格成心事

还是留一些喜悦给未来吧
就像期待明天早晨的阳光
这一刻的意外遇见

都是岁月书写的痕迹

留给我们在春天合影留念

无法握住流沙和时光

就品味清晨的空气和露珠

这是一段奇妙的旅程

人们终将穿梭不息

热闹着走进你我的视线

2020年10月27日

树　枝

就这样裸露着伸向天空

昂扬着倔强的头颅

鸟儿停留在露珠上

溅起了一地的浪花

惊扰了月亮和星星的美梦

人们从树枝旁经过

叽叽喳喳或者沉默不语

创作者构思的图画

风格迥异地排列在风里

讲述自己陈年的旧事

在冬天或者春天

都有树枝倒下或者生长

不会呐喊

没有终点

停止绽放

与人为善

我们习惯这样与树枝相处

如同轮回一般固执

大家相安无事

有风吹过的时候

树叶沙沙作响

2020年10月29日

万物生长

无法肯定是哪一粒种子

萌芽在田野和山川之间

麦浪成熟为这个季节的音符

弯腰割麦的人们

在劳作的间隙抬头望天

汗水滴答浸润着土地

常常用金色来描绘种子

寄托一种收获的希望

向上的力量在血液里流淌

那些禾苗拔节孕穗绿意盎然

犹如印象派大师挥毫泼墨

天地间涌动着不倦的气息

雪花飘落的时候

种子是无辜的

灰色也是生长本身

而南半球热闹得如火如荼

在足球、沙滩和美女的搅动下
天地间释放出光芒万丈

不要试图用一种色调来定义种子
多彩的画卷才是生长的意义
万物从播种到成熟
不在一个规定的季节里完成
也是生命的呐喊和态度

2020年11月1日

机　场

起飞和降落就在同一个时空
远方和诗同机抵达
把微笑和失落都托运
丈量高山和河流的落差
来来往往的流淌
星辰大海的遥远

出发和抵达都是一种收获
或许永远在路上才会遇见
绽放和枯萎的故事
讲述了一万年还在流传
倾听者和行走者交换场地
热情的大厅鸦雀无声

拥抱和拒绝都在努力适应
登机牌被无情地嘲笑
接机的停车场水泄不通
人们踮起脚尖张望

和时间一起等待

故宫和长城安好无恙
潮水般涌来又退去的人群
到哪里才能驻足停留
登机口在有序放行
太阳鸟欲张开翅膀
一部大戏即将上演

2020年11月4日

立 冬

时间在这一刻有了标签
定义人们的行走姿态
岁月的河流渐行渐远
背影倒映在陈旧的日历中

自春秋和秦汉以来
季节慢慢成熟为一种稻子
张开双臂拥抱大地
萌芽的理想唤醒了沉睡

劳作的时候需要仰望
把田野想象成星空
迷茫就是力量的源泉
负重前行才能走进灿烂

转场和改变也是人生常态
即便没有掌声和鲜花
也要学会蛰伏收藏能量

迎接山花烂漫大道平川

2020年11月7日

午　后

冬日阳光慵懒地铺展开来

小花猫跳着穿过落英缤纷

一壶茶绿意盎然

腾腾热气冒出生机与活力

一切的事物安静了许多

仿佛能触摸心跳的节奏

树叶泛黄成过往的记忆

茶杯里荡漾起孩童的欢笑

书本里的叙事和情节有些单调

日子已经飘散久远

呼唤自己来到新的赛道

说好了结果不再那么重要

只为一群人的集体奔跑

身体微倾也要保持向上

跌宕起伏也要一往无前

大地重新脉动起来

午后的时光又振奋了一些

无人机在头顶嗡嗡作响

俯瞰世界的热情奔涌而出

年轻与衰老之间的鸿沟

只隔着几个精彩的画面

2020年11月10日

倾　听

努力蹲下身来
让自己贴近地面一些
泥土会散发出清香
距离产生更多的隔阂
而不是朦胧美

坐在同一条板凳上
围着旺盛的柴火
前胸炙热后背发凉
不如走进田野间
弯腰劳作汗如雨下

不要忘记了自己的位置
低头看路也是一道风景
需要倾听路上的行人
哪怕没有赞美和鲜花
或者彼此相向而行

用心做一名倾听者

不用伪装不用掩饰

让自己裸露没有什么不妥

听到雷声响起之后

微弱的声音有了力量

2020年11月15日

大地上的灯光

像摇曳的烛光点缀在大地
如同奔腾的河流
激荡着追赶的湍急脚步
神奇的画家也无法描摹
天上的街市繁华热闹

在万米高空俯瞰大地
灯光犹如星火璀璨
脚下的土地千疮百孔
是精灵还是魔鬼
发出万丈光芒

今天我们在大地上奔跑
如同小孩在欢闹
那些雾霾中的照射
穿透云雾的笼罩
直插云天和海岸
以及人们的心里

无数次在你的照射下前行

也无数次穿过你的视线

大地上的灯光依旧灿烂

我们无法抗拒也无以表达

地球是人类最好的朋友

我们握手致意不计前嫌

2020年11月18日

北京的冬天

单调是你的本色和原味
寂静无声显示你的高贵
落叶已经深入土地
根却没有喧闹嘈杂
灰色始终是你的主题
洁净而雅致没有修饰

无雪的日子十分干燥
连树木都是饥渴的
干枯的枝丫伸向天空
祈求天下雪花飞舞
下雪了就有了精神
笑声和脚印交织在一起
那是北京的气质和风度

故宫依旧人流如织
冬日的阳光打在屋顶上
行人走过斑驳的红墙

一如过往的流水岁月

讨论终究要回到原点

围绕主题才不会偏离

长城脚下又看见飘落的景色

残留的红叶点缀山间

苍茫大地孕育无边的生机

等待春风吹过新绿生长

风筝会成为最好的飞翔

孩童牵引老人和梦想一起

欢笑着嬉戏着走在风雨里

2020年11月20日

传　奇

一段传奇走了

人们悲伤不已

深夜的朋友圈唏嘘不已

呼喊着金色的名字

马拉多纳一代球王

上帝之手触动了敏感的世界

明天和意外哪个先到

成了一道永远的难题

没有答案只有悲痛

时间的长河在这里驻足

这位可怕的敌人笑傲着江湖

谁能够抵挡得了它的进攻

我们只不过是过客匆匆

抑或一粒尘埃曾经飘浮

大地才是主人

时间才能主宰

每天都会有精彩上演

而传奇不可复制

有些事情消失了就不会再来

我们需要继续喝茶聊天等待

奇迹发生的时刻

或许你还在梦里在远方

神奇的魔术贴着地面飞行

在宇宙的尽头回答天问

2020年11月25日

生　日

生命的年轮圆了
像一面平静的镜子
岁月投射出星光
照亮依旧远行的路
没有停顿的日子
你背负起行囊和梦想

田野里的争论没有价值
或许显得絮絮叨叨
也不适宜种植水稻
麦田在去年冬天就已翻耕
长出来的话语令人惊喜

需要回到最初的位置
劳作是一切美好事物的根源
在弯腰和擦拭汗水的间隙
有人在远处嘲笑和观望
保持正常心态面对来路

毕竟是个体特性的展示

世界无须刻意装扮

你的样子一如既往地盛开

烛光照亮生日的意义

越过你的目光和肩膀

我看到了更远的山峰

2020年11月27日

在半夜写诗

在半夜等待的时候
有些词语放肆地跑了出来
我把它打理排列起来
便有了诗的样貌和味道

想象中带着星光和晨露
描述世间的种种故事
烦恼和忧伤成为遥远的背景
诗行里赞美了更多美好

我的写作方式和态度
也就是我的生活习惯
与大街上的行人无关
划拳和喝酒都是例外
常常陪伴的是无尽的等待
早晨从中午开始只是小说

自然是最好的诗句

拒绝一切矫揉造作

在浮夸的世界里

急需朴实无华回归最初

最好的安排也不过如此

在半夜写几行能读懂的诗

2020年12月1日

行　走

从直立行走的那一刻起
人类行走了百万年
最初的身姿有点摇晃
最初的脚印有点肤浅
只要开始行走了
就有了继续前行的方向

没有人怀疑行走的价值
尽管步履蹒跚道路泥泞
怀揣着梦想就点燃了希望
也就踏上了寻找火种的路
一个人一群人聚集在了一起
就这样互相搀扶着走了下去

到哪里成为重要的议题
行走需要勇气更需要思考
那些意志软弱者倒下了
那些思想者继续寻找目标

集合了所有光亮才能照耀

一路跋涉越过山丘和荒原

也有孤独的侵袭和打击

内心强悍才能再次站立

也许行走的姿势要发生改变

但向前的方向没有弯曲

蜿蜒曲折向上而行

才富有生命的魅力

一直在行走的路上

也就有了群体意识

天晴修屋下雨打伞

现实世界的规则不断提醒

行走的道路要修筑加固

才能顺应大道而行

2020年12月2日

在冬天发芽

嫩绿顽强地拱出地面
不合时宜地和寒冷握手
露珠晶莹闪烁快要滴落
土地肥沃而坚硬
冰雪覆盖了茫茫原野

地火在急速运行
那些岩浆快要喷发
地壳变动也难以抵抗
种子在发芽的时候
澎湃的动力无边无际

我们时常高估季节的力量
却忽视了来自内部的冲动
当冬天休眠成为一种常态
无所事事可以大行其道
叹息之后又归于沉寂

在冬天发芽就要流行起来
春风吹拂也难以让人兴奋
不在乎多少温度和湿度
只要土壤和气候互相接纳
生命的故事就会源远流长

2020年12月4日

在湖边散步

傍晚的时候看见星光铺满湖面
那些干枯的枝丫也斜插在水里
瘦小的身影出现在游动的角落
那里有不为人知的故事浮出
三三两两的话语里传递出笑声
夕照洒下来的余晖也荡漾开来
一圈又一圈地来回奔波切换

如果你停下来眺望远方
天边和湖水浑然一体构思新颖
世界的变化也就在一瞬间完成
惊诧还没有完全消逝在水里
消息已经传递到万水千山之外
所有的人和事都停留在秋天
来不及踏上冬雪的征途

季节正常转换也会带来纷扰
湖里的鱼群还在适应水温

四处游荡也是为了增强免疫

落叶的声音不再有诗情画意

飘然而至的是我们灵魂的呼唤

没有预告的故事没有波澜

那里可以听到内心的声音

贴着清澈的湖面温柔地抚摸

2020年12月6日

听见时间的声音

冬雨的夜晚，时间缓慢流动
紫色的雨伞走过寂寞的街道
行人在路口犹豫不定
向左还是拐右，直行还是绕弯
成了一个难题，想哭也想笑

阴云的白天，城市川流不息
行色匆匆描述了急促的脚步
赶趟儿似的奔向下一个路口
就要发生的一切依次排列
恭候大驾光临，热烈欢迎

慌乱的心里，情绪波动转换
追逐着一个又一个热搜题材
忙忙碌碌又觉得空空荡荡
世界瞬息万变又高深莫测
要停留在哪里，才算是抵达

直到可怕的时间成为敌人

走走停停，风景也很招摇

我们无路可逃，转身撞墙

触摸着窗外的雨声入眠

听到滴答的声音从远处响起

喧闹过后终归平静如初

2020年12月8日

在冬天放牧

在冬天放牧只是一种想象
北方辽阔的草原早已寂静
南方的山岗郁郁葱葱
四季疯长成为旺盛的景象
马蹄声声从雪域高原传来

仰望是另外一种形式的崇拜
策马天涯长啸向往英雄气概
草长莺飞的传说流传至今
古道上的背影定格为神话
触摸久远的人物余温犹存

沙漠里的骑士是另一幅作品
四季都是同样的干涸枯竭
绿意盎然的日子已经远去
丝路回响在历史的长河
落日的余晖映照银色的马背

在草原放牧是一种心情

不关乎草绿草黄草深草浅

越过秦岭北麓一马平川

放歌只是人生纵情燃烧

遥望故乡依旧豪情满怀

2020年12月10日

大雪纷飞

就这样恣肆地飘起了大雪

事先没有一点儿征兆

连寒冷的风都没有刮过

天气预报只是预告了阴冷

大地表示沉默一言不发

任由飞雪覆盖一望无际

白色的大海没有浪卷呼啸

寂静得没有勇气面对

心如止水也莫过于这般景象

万籁俱寂的深夜寒星陪伴

心有大雪纷飞压低枝头

还有坠落的积雪在融化

行人留下的印记愈发鲜明

远处传来嘎吱嘎吱的声音

响彻心扉伴随一路远行

如同鼓点一般节奏激昂

落雪的日子也许不会太久

大雪纷飞的美丽章节

已在来时的路上翻开

只需努力触摸季节的跳动

雪会停止舞蹈也会化作春水

注定有一些眼神被误读

在擦肩而过的那一瞬间

世界试图打开那扇门

迎接你的笑容绽放

2020年12月12日

离　别

时间来到了离别的窗口
手里的动车票像秋叶一般
竟然有些孤单和寂寞
不知道哪里才是停靠的站台
行走到何处才是港湾

挥手也变得如此沉重
看着你的笑容消失在人群
没有任何语言和安慰的句子
那些过往有些轻佻地浮现
嘲笑这曾经的美好和温暖

夕阳在这时候落山了
红得格外引人注目和耀眼
柔和的光线短暂地照射进来
和站台构成美丽的伤感
离开是另一种生活方式
来来往往熙熙攘攘

无须刻意掩饰自己的情绪

暴露也是我们的表达和爱

说一句珍重道一声别来无恙

我们彼此住在世界的角落

看花开花谢日出日落

有时光的陪伴遥远的思念

2020年12月22日

踏雪访三星堆

没有任何预报和征兆
初雪十分认真也有点任性
驻足在久远的三星堆遗址
叩问大立人来自哪里
纵目面具的家又在何方
鸭子河到底流淌了多久

神奇的北纬30度
一条金线串起四大文明古国
玛雅文化巴比伦王国金字塔
这些曾经熠熠生辉的名字
排着方阵和星球一样陨落
沉睡了五千年的三星堆文化
在春天的晨雾中醒来
打着呵欠揉揉眼睛
好奇地打量这个世界

古蜀文明有了血脉和源头

千里眼和顺风耳成为标志

成为中华文明的另一种代言

先人们在这里栖息繁衍

城墙无法挡住向外的雄心

他们走向四面八方交流互动

或许本就是天外来客

落脚地球短暂逗留

离开成为最好的归宿

雪落在大地成为一种传说

地图标注了方位和距离

一批年轻的考古学者忙碌着

疲惫的脸上时而露出惊喜

文明的传承和不朽

犹如长河奔流生生不息

浩瀚宇宙繁星点点

2021年1月9日

在湖边写下的诗

湖水里印下身体的轮廓

寂寞的心情便荡漾开来

垂钓成为一种风景

和夕照一起勾勒完美曲线

雪落在绽放的梅花上

你笑着向我奔来

惊醒了酣睡的鱼

和那些疯长的野草

眼神是另一种语言

不再赘述细节和情节

天南地北的故事只是装饰

不会改变主题和内容

一壶热茶散发出味道

在湖边散步和叙述

走近是为了倾听

也是为了出发和到达

彼此依偎听见心跳

来不及想象未来的日子

湖边的人群逐渐散去

安静成为另一个世界

只要相信就会有奇迹

永恒的诗句不会过时

流淌着穿过人山人海

来到我们身边

2021年1月31日

思　念

如同发源唐古拉山的冰水

一路蜿蜒流淌快乐出发

和谷告别和山拥抱

野花在七月肆意开放

和季节一起走向天际

我在沿途打捞记忆上岸

拼成五色斑斓的大地

大风吹过留下漫天繁星

点缀平凡世界寂静无声

再也无法返回最初的家园

任凭呐喊声回荡在群山

你可以后悔但无法后退

向前流动是唯一的选择

帆船在流动的光影里摇曳

用力划行大汗淋漓

两岸的风景和着燥热的空气

精致而优雅地拂面而来

抚摸我的灵魂无法自拔

可以尝到海水的味道了
涌动的浪花发出拍岸的声音
急切地呼唤着奔腾的河流
入海的姿势是日出的模样
喷薄而出的太阳映在天空
海水的温度在急剧变化
远处的山峰已经遥不可及
就算融入大海不见踪影
也要做最后一次的跳跃

2021年2月2日

风景在别处

云淡风轻天南地北

时间的手指就此划过

没有告别的拥抱和悲伤

沉默代表世界的一切事物

美好被寒风摧残枯萎

有些事情还没有开始便停更

连想象也带着残留的泪花

过往的记忆有点滴生存

也许误会就是故事的情节

收获在春天到来的季节

看起来有些荒诞不经

流行元素就是这样搭配

不合时宜不顺潮流

走在春风里看见冬天凋零的枯叶

松软的土地即将开出山花

等到烂漫一季汹涌江河

无法达成并不意味着放弃

灿烂的笑容刻画出年轮的光芒

开放或者凋零都是荒芜

人间的烟火释放生命的乐章

流连的眼神演奏动人的旋律

越过山丘便看见无际的茂盛

发芽的种子依次排列组合

期待春风吹拂满目青翠

2021年2月6日

问 诊

不是所有的疾病都需要问诊
去医院看医生也是迫不得已
留下病历证明自己曾经来过
人来人往中也有健康的人
穿梭其中似乎也难以分辨
咳嗽的打针的输液的
看西医的看中医的
忙忙碌碌只为修理身体
或者鉴定是否出了状况

每一个段落都是自己的人生
不需要回避也不能删除
在时光里存储慵懒地躺着
或许救援就在路上
等待的是惊喜或是悲伤
凌晨三点还在舔着伤口
听见街道的拐角处传来哭声
没有谁能真正解救自己

只有漫长的岁月流淌而过

病愈出院时有阳光洒下
一个季节的荒芜寸草不生
院落残墙上的枯叶依稀可见
流动中的光阴胡乱地穿梭
有人在呐喊里看清了路
有人在无助中没有了力量
在医院里发现斑驳的影子
孤独地走近问诊台

2021年2月9日

想起那个人

想起那个人的时候
有微微的风从窗前吹过
带着淡淡的有些忧郁的花香
我看见满山的绿色在摇曳
那些生长的事物忽然跑出来
和大地一起拥抱着走向远方
没有谁是不可以缺席的
我们认定那些美好和温暖

想起那个人的时候
一只鸟儿从树上掉下来
天空并没有留下任何痕迹
盎然的树枝向上突破天际
心情饱满又抖擞了许多
从前的话语不再是誓言
谁都没有想过沧桑巨变后
留下的痕迹还值得怀念

想起那个人的时候

有时光反复倒流回到最初

少年的梦想永远都无法抵达

青藤般翠绿的颜色一如往常

点缀在过往的路上偶遇立春

我闻到了熟悉的气息

朝着故事的主题弥漫开来

无法自拔也要努力清醒

2021年2月12日

倒立的人生

倒立便意味着别样的风景
那些画面太过绚烂和夺目
看待事物的角度可以与众不同
喧嚣和浮躁都是本来的样子
回归最初梦想已经开花
不必在意荆棘丛生道路泥泞
繁盛的花期漫过孤独的一生

注定结局不可能如你所愿
出发的姿势留在了生命里
季节的河流出现干涸的河床
奔腾的姿态停止了脉动
无法想象山海皆醉的场景
是我澎湃不息的呐喊与呼唤
合着那些遥望远方的期许
马不停蹄地踏浪而歌

我会赶赴这一场盛宴

桃花已然绽放光芒照射大地

夕阳挽着清风打开了柴门

纵然跋涉千里星夜兼程

一颗虔诚的心策马狂奔

坠落的理想就像漫天的星光

照耀着不停赶路的脚步

无须追问没有答案

翻越山峰一切安好

2021年2月12日

祝福一个人

祝福一个人幸福快乐

风铃清脆飘过雪后的黄昏

剪纸在明亮的窗台招摇

北方的风呼啸而过

早春的枝丫似乎无动于衷

冰雪融化早已流淌山涧

要走过多少路程才能抵达

祝福一个人幸福快乐

秦岭以南种子发芽绿意盎然

季风影响了雨水的温度

河流涨潮涌动着岸边的野草

牧童的短笛已经走远

晨雾中的耕作描绘出画卷

要听过多少首歌才能心醉

北方和南方都有自己的表达

在高原倾听花开的声音

触摸星空融入世界的怀抱

再贫瘠都要生长出想象

和祝福一起分享快乐的音符

飞越万水千山总会停歇

我在寂静的山坳等你归来

2021年2月13日

来 过

我来过你的生命里

娇艳欲滴的玫瑰绽放

普通的日子赋予了意义

风也变得有些矫情

吹在脸上一池春水荡漾

生涩的词语陌生的句子组合

无法言喻海阔天空的爱情

大声朗读精彩的章节

思想穿越将要埋葬的故事

继续书写便有了新的开端

来过也短暂停顿过

初春的阳光透过玻璃

那些光阴也照射得清楚爽朗

温度适宜种植作物以及栽培

不再讨论季节的反复无常

花开花谢就是人生的主题

粮食是收获的喜悦心情

表达不需要语言或者肢体

在春风里看你妩媚地笑

我一生的奔忙就有了注脚

歌唱是为了迎接你的到来

为没有律动的节拍按下暂停键

仪式庄重承诺更加认真

努力走进你的道路平坦宽阔

来过也尝试过很多步伐

我们致敬所有的生命美好

我们缅怀未来的不可预测

春寒料峭时节的无常

孕育了姹紫嫣红的灿烂

以及无所畏惧的勇气

2021年2月14日

十　年

有阳光的日子笑容也灿烂
你就这样走进那个清晨
一切的安排井然有序
目光无法越过清澈的湖水
岸边热闹起来打破了宁静
不知所措地来回踱步
事情一直在发生着变化
日子流逝得却无影无踪

平淡的时光慢慢温柔起来
语言以及交流变得缓慢
河流涨潮没有预告和顺序
原本熟悉的节奏有些陌生
有些声音也散落一地
半夜想起花瓣开始凋零
弯腰低头的那一瞬间
我看见了你眼角的泪花

发芽并没有合适的土壤

就连季节也是慌乱的

十年的潦草也很美好

短暂生长的过程风调雨顺

也许回望依旧有很多岔路

旅程开始就需要用力登攀

前行的力量在不断累积

不再闪烁不再马虎

认真走过清晨和日暮

2021年2月15日

倒春寒

北京初春的清晨残雪消融
那些刚刚冒出的嫩芽
打了一个寒战悄然离去
从地下拱出的小草
也默默地低下了头
心已经被冰雪覆盖
大地又归于沉寂
尽管冰面下的水快要沸腾
气象专家反复提醒降温
北风吹过留下遗憾的枝丫
还在卖力地摇曳

没有人愿意在寒风里等待
离正式的春天还有时日
寒潮并没有结束的迹象
风里还带着些许的冷漠
连问候都显得匆忙而潦草
人们疾步走向目的地

找寻属于自己的温暖

那里有阳光和山花

可以尽情地照耀

可以不顾一切地盛开

只要季节合适气氛融洽

听见春风拂面的脚步了

寒潮挡不住春天的步伐

在长城脚下放风筝

似乎有点迫不及待

后海还有一群人滑冰

想象原本就是天高海阔

只要离开地面就是飞翔

期待大地复苏万物醒来

春潮涌动心海泛舟

每个人都绽放出光彩

热烈而持久不衰

2021年3月3日

在路上

出发的时候朝霞满天
晨露中的邛海微波荡漾
我走在湖边凝望深潭
你朗朗的笑声飘过山路
云淡风轻鸟语花香
草木都在倔强地生长
美好的事物蓬勃繁茂

路上的风景不停地招摇
行走或者跋涉都是归来
路途遥远并不是问题
尽管荆棘密布道路泥泞
哪怕万水千山也要翻越
掌声和点赞一路狂奔
肯定和赞许满怀深情
路上的收获是心有所喜
不在乎嘲笑或者怠慢

在路上就是生活态度

随时调整好出发的心情

没有目的地也没有终点

我决定在盛开的季节前行

回到海边呼吸熟悉的空气

冒雨顶风是出行的姿态

你的笑容在灿烂地绽放

有暖暖的阳光照耀

一路同行光芒万丈

2021年3月4日

惊　蛰

唤醒那些沉睡的事物

昆虫已经集结完毕

万物萌动人心初发

风就停在窗边

大声地嘱咐我要多看看

热爱就在身边环绕

所谓烂漫时节

也不过就是花开花谢

短暂的怒放之后

留下满地的伤痕

大地变得日益繁盛

硕大的太阳无数次起落

悠久的时光被忽略

宇宙灿烂盛大浪漫不止

人世间总有星辰启航

这一天就成为某种转折

不停地回归纯粹和朴素

我听过很多悦耳的声音
反复吟唱同一首歌谣

我会在月光下等你
虚无的幻想铺满院子
尘事已然飞走了
或许有惊喜爬上额头
惊扰了树上的果实
所有的温柔都铺陈开来
那些不言不语的微笑
以及无数个简单的词语
都妄想征服这个世界

2021年3月5日

春 分

风在明媚的阳光下舞蹈
有些胡乱地飞来飞去
几棵老树开始冒出嫩芽
欣欣然的样子很好看
花朵还在绽放的路上
只有白玉兰和迎春花
不知疲倦地开放
放风筝的孩子嬉笑着
按捺不住放飞的心情
几只大雁从南方飞来
留下朴素简单的身影

南方的春雨也是多情
温柔缠绵地抚摸着大地
青砖白墙有潮湿的痕迹
桃花已经化作春泥
灿烂的日子还在盛放
次第展开一个新的世界

劳作的人们还在播种
犁头像土地上的画笔
把春天的气息描绘
蓬勃的激情就要迸发
演奏整个夏季的乐章

在北方思念南方
或者在南方眺望北方
春分都是绕不开的情节
多情的秦岭南麓深处
藏着尘封十年的故事
我们就要循着记忆出发
带上那些凋谢的心事
埋进深厚的土壤里
等待新芽和花开的声音
纵然还有季节的反复
也要保持喜欢的样子

2021年3月20日

距 离

当连接突然中断了
我一夜没有合眼
在地图上苦苦寻找
北纬30度那个原点
一切都没有了音讯
连鸟儿都了无声息
歌声在你的背后响起
我看到了月亮的影子
凄苦如流水般落寞
沉寂的痛楚隐约而来
不能自拔的心在流浪
残片只能拼凑起模糊
展览在世界的大门

桃花飘落在流水里
摇曳生姿的柳树醒过来
舞蹈还在线上直播
生命中的一次次相遇

生长出不合时宜的美好

记忆只能随风飘荡

残存在刺骨的风里

我的身体瑟瑟发抖

独自面对作痛的伤口

那些温柔的问候和祝福

还在等待你纯真的笑

在春天里绽放光芒

不为完美只有残缺

漫山遍野的花已开好

季节的流动争先恐后

我不敢想象在灿烂中

万物世界里的排列组合

安排去赶赴一场宴会吧

在盛大的开幕中偶遇

说三道四也算不了什么

误会如同雾霾深沉

静候风来雨落的黄昏

霞光映照大地跃动

地球上最遥远的距离

不是不曾丈量的山水

而是你戛然消逝的声音

2021年3月26日

春　雨

飘落大地的姿势很柔美
在天空旋转和跳跃
鸟儿在孤独的巢里欢呼
有月光照射宁静一片
树枝慢慢地吐出新芽
在落日的余晖里
泛出星星点点的光晕
生长的日子需要等待
雨露滋润也要耐心
一切急迫都无济于事

雨就随意地飘进了门窗
没有征兆也没有商量
屋里的人们有些狼狈
干脆走进雨里奔跑
湿透衣襟味道还不错
像极了爱情的样子
惊喜而温暖地生长

安静地生活在角落里
等待瓢泼大雨刷新天地
有流淌的季节和河流

春雨只是淡淡的花香
温柔而欢喜地站立
偶尔有远处的雷声和雪山
急切地走进人们的视线
伴随嘈杂的声音和画面
世界有一些慌乱无措
短暂的美好成为回忆
也许打破秩序只是前奏
改变也需磅礴力量
即便行走在春天里
也要尽力保持风雨无阻

2021年4月7日

想念南方

从未离开就不曾有想念
鸟儿划过北方的天空
停留在苍劲挺拔的树梢
飞翔的倦怠栖息繁衍
春雨不会缠绵悱恻
悄然而至又寂静无声
或许来过便已获得
大地生长的蓬勃力量
早已成为一种习惯

思念也会恣意地盛开
就像春天的绯桃
毫无节制地妩媚妖娆
一味地放纵自己的情绪
季节的神奇之旅开启
次第开放的事物还在累积
老树意外地长出嫩芽
泥里的种子破土向阳

尘封的心事等待着浇灌

南方的四月早已繁盛
灿烂的花期谢落一地
连非分之想也不合逻辑
天空下耸立着翠绿的山岗
奔涌的江河就在前方
一切的轮流和转换
都显得那么措手不及
在春天之后就要赶紧出发
只有朝前才不会迷途

2021年4月12日

谷　雨

一个告别春天的节气
也来得这样匆忙草率
似乎没有什么预测
也许一切早已注定
命运总是反复无常
早晨还有好好的问候
晚上就阴云密布
春天来得本就不易
季节的残杀更加暴烈

走到大自然的深处
体味草木的最后尊严
那些疯长的野花和灌木
不知疲倦地茂盛着
今年的夏天和以往不同
空气中弥漫狂浪的笑声
呐喊也失去了力量
火焰在地下运行

等待喷薄而出的岩浆

无须怀念那些人和事
以及发霉的心情和语调
既然日子已经走远
就面向广阔的天空吧
看海面升腾起的迷雾
需要呼吸一口冷空气
雨水就要来临了
以冲刷一切的姿态
站立在天地之间

2021年4月20日

一朵玫瑰的绽放

一朵玫瑰在细雨中绽放
雨滴轻落溅起了浪花
我看见了婀娜的身姿
红色的火焰在水中舞蹈
簇拥的绿色汪洋一片
生长的基因在蓬勃兴起
快乐和悲伤此起彼伏
或许转换就是一种宿命
在拐角处偶然相见

一朵玫瑰在春风中绽放
鸟儿划过天空婉转悠扬
麦浪尽情地释放情绪
生命燃烧是幸福的源泉
地火在激情碰撞和讨论
我梦见了自己的影子
到处游荡辗转难眠
不在乎那些寂寞的过往

以及欲哭无泪的悲伤

一朵玫瑰在微笑中绽放
好天气和好心情没有到来
热情的颜色涂抹在心间
流淌的溪水是无声的呐喊
我遇见了一群人的步伐
在荆棘丛生的路上徘徊
烦恼舒展筋骨却疼痛
漫天花雨在纷纷飘落
滴血的故事一直讲述

2021年4月26日

奔　跑

当季节转换的时候

在细雨中踏上了跑道

前面还有雷声隐约轰鸣

走过两岸的别样风景

心比天高情似海深

昨夜的梦已被撕得粉碎

在高高的蓝天中飞舞

同行的跑者按下暂停键

野花开满葱郁的山岗

光芒照进颓废的洞穴

步履蹒跚难以迈步

在匆忙行进的世界里

所有的忧伤都已随风而逝

快乐无法演奏生命的乐章

匍匐前行定格成雕塑

熙熙攘攘的人群里

跨越千山万水的脚步

动人的旋律和生命的故事
演绎人类文明的理想
蜿蜒曲折的小道通向天边
也许抵达终点不再重要
丈量大地变得更加嘹亮

不要忽略那些路标的存在
方向比奔跑更具价值
距离曾经的超越已经遥远
拷问灵魂的声音还在
一幅油画悬挂在天幕
缤纷的色彩优雅地绽放
离开土地的一切都会枯萎
空想也需要肌肤的水分
大写生命存续的真正意义
在云端里写诗
在泥泞中奔跑

2021年5月15日

寂寞的跑者

这是一场孤独的旅程

跑起来也没有风

空气里只有沉闷和单调

蝉不知疲倦地重复

连树梢都在微微颤抖

发出的呐喊声无人知晓

潮湿和闷热阻挡了脚步

总会有熟悉的涛声传过来

和着金色的麦浪翻滚

在转角处遇见惊喜

盛放的玫瑰吐露芬芳

毫不经意间涌动起力量

似乎孤独有所减缓

回到原来的位置重新出发

步伐轻盈风也柔和

跑者的故事在坊间流传

没有传奇也无所谓气吞山河

低头前行才是一种本分

需要仰望天空的颜色
天气预报也一直在变更
适应是本能和自我调节
暴雨如注也没有退路
人生奔跑如风般呼啸而过
岁月蹉跎也要保持好心情
等待雨过天晴后的夜晚
面对雪山脚下的一江奔腾
发出一阵仰天狂笑

2021年5月16日

越过山丘

当头颅就要触碰云海

激昂的脚步抵达山巅

山那边是无垠的海

浪尽头是奔涌的暖流

眺望远方意味着负重前行

跋涉的背影留给来时路

无所谓勇敢或者挑战

力量之光照耀着大地

汗水疯狂地浇灌草木

生命之花蓬勃展开

山丘之上才有伟岸之躯

一生的漂泊便有了意义

力争上游的勇气来自故乡

先人的传说令人血脉偾张

秦岭以南生长气象万千

攀登者的梦想无法抗拒

珠峰再高都能无数次翻越

在风雪的世界里登顶

在山花烂漫的季节重生

传说开满整个春天

要越过山丘才会碧波荡漾

奔赴山海便拥抱霞光万道

如炬的目光伴随启程和远行

坚毅的脚步声悄然而至

不屈的理想在荆棘中盛开

如同航标一般屹立不倒

即便岁月蹉跎年华似水

火焰燃烧照亮生命的归路

心中有山丘步履铿锵

眼里有大海春暖花开

2021年5月17日

遇　见

在道路的转角处遇见
把最好的背影留给汗水
山河依旧葱郁茂密
倦鸟还在树林里歌唱
急切的夏天走在路上
轻风追随着不停的步履
看见满眼的绿意盎然
映照出夺目的光芒
也照耀着云淡风轻
美好的事物充满活力
蓬勃的生机不断累积

激流和旋涡就在前方
即便随波逐流
也要记得前行的灯塔
礁石击碎所有梦想
浪花也要翻卷起波涛
听见滚滚而来的雷声

和着雨声吵醒了寂静

世界在一片哗然中

保持了良好的微笑

顶风冒雨咬牙坚持

在夜晚看见微弱的光

温暖流动在澎湃的血液

跃上平川心存欣喜

便看淡人间冷暖烟火

每一处逗留都是家园

每一滴眼泪都饱含深情

没有河床也要流淌

每一步都是简单的重复

沉重抑或轻盈都是前行

丈量生活也观照内心

热烈奔跑中的那些遇见

如同含苞待放的花蕾

亦如随风起舞的小草

迎接一路上的欢喜

2021年5月19日

小　满

人们定义小满为节气

在麦穗即将饱满的初夏

欲望和美好一起生长

明媚的阳光抚慰大地

庄稼和泥土埋葬了历史

风吹麦浪丰收在即

那些欢愉不停生长

即将割麦的勤劳人们

抑制住内心的张望

在麦田里耐心等待

小满定格为一种态度

将至未至将满未满

那样的谦逊和低调

如同金黄的麦浪低头

成熟为一种品格

寂寞成大地的模样

麦芒代表张扬的个性

低头并不意味着顺从

精神从不书写在脸上

种子只知道生根发芽

孕育生命的某种样式

也将以小满作为主题

播下一粒种子满心守望

把一生交给这片土地

拔节生长的姿势很美

珍惜和感恩阳光的照耀

繁衍生息代代传承

泥土里拱出顽强意志

有风雨的浇灌和映射

透出一片灿烂金黄

2021年5月21日

从您的雕像前走过

您的雕像距离校门很近
迎着朝阳站立成一个路标
忧郁的眼神里透出坚毅
犹如欧洲蔚蓝色的天空
游荡的共产主义幽灵
自从来到了东方文明古国
便奇迹般地长出金色的种子
您和您的亲密战友成为导师
燃烧的火焰铸就光辉理论
真理的光芒穿行在茫茫夜空
指引着乘风破浪的航程

我们的老校长啊
意气风发地带领一群人
走出了我们自己的道路
从石库门的初生红日
走到了天安门的万丈霞光
在井冈山的枪林弹雨中

在延安窑洞的煤油灯下
还有西柏坡的机关食堂里
您紧锁的眉头和挥动的大手
那些不朽论断和谆谆告诫
像一座座山峰永远矗立

总设计师神情笃定而果敢
恢复高考打开了一道闸门
土地承包推开了一扇明窗
您在南海边画上了一个圈
赶海的人们心潮逐浪高
一国两制的伟大构想
像一道彩虹跨越山川沟壑
行走南方春风吹拂满眼春
基本路线一百年不动摇
振聋发聩的话语犹言在耳
您的音容笑貌在大海中永生

从春秋深处慈祥地走来
一盏仁爱的明灯高悬在额头
桃李天下心系苍生
因材施教有教无类

您的思想和行为堪称师表

只能仰望无法攀越的高山

宛如一盏永不熄灭的灯火

儒学的答卷穿越历史的隧道

以中庸的庄严姿态端坐

文化的源泉流淌了两千多年

照亮了华夏文明进步的阶梯

很多人来到您的雕像前

或抬头或沉思或举起右手

在特别的日子里献上鲜花

信念在血液里奔涌起来

汇成长江黄河的巨浪涛声

人们从您的雕像前走过

带着自信的笑容眺望远方

走向人潮涌动的城市和乡村

地球的东方犹如红日朗照

民族复兴的传奇正在上演

2021年6月1日

井冈山的星火

穿行在历史的隧道中
1927年秋天的阳光
穿过重重迷雾和烟云
照耀层峦叠嶂的罗霄山脉
经过"三湾改编"的洗礼
一群人高举猎猎军旗
行进在崎岖的山路上
他们意气风发地跋涉着
高昂起理想和信念的火种

大井断墙矗立起一座丰碑
痛诉那一道道如寒的刀光
烧毁的红豆杉和楠木树
挣扎着顽强地伸向天空
两位患难的战友携手驻足
练兵场已是杀声震天
小井红军医院默默流泪
130多位热血青年的鲜血

染红了冬日里寂静的稻田
初夏的秧苗又排列成方阵
飒爽英姿盎然生机

踏上"挑粮小道"的石梯
便看见了您如炬的目光
黄洋界上的炮声已经久远
井冈翠竹挺拔青山依旧
茨坪旧址葱郁的柿子树
见证了不灭的星火燎原
从大别山转战到大巴山
在海陆丰、左右江和琼崖
人们点燃了这点点星火
从一个胜利走向新的胜利

就循着这星火这足迹
一直往北走往高原上走
就迎来了黎明前的曙光

2021年6月2日

八角楼的灯光

我从您的楼下经过
在赭黄色的土砖楼下
脚步轻盈崇敬油然而生
生怕惊扰了您的休息
那是一道闪耀的光
在茅坪村的八角楼上
如豆的油灯彻夜通明
在茫茫黑夜里闪烁不停
您瘦弱的身影一直摇曳
透过八角形的天窗
您苦苦思索中国的前途
红旗一定能够打下去

我从您的窗前经过
在方形的窗格子旁边
脚步轻盈崇敬油然而生
担心打扰了您的思绪
那是一道真理的光

这盏小油灯和北斗星

同时射出熠熠的光芒

在这张简陋的小木桌上

在只有一根灯芯的茶油灯下

您书写了两篇光辉文献

井冈山的斗争探索出新路

中国前行的方向就此清晰

我从您的门前经过

在低矮的小木门框边

脚步轻盈崇敬油然而生

害怕影响了您的谈话

那是一道温暖的光

您和红军战士、农民群众

就在这盏油灯下促膝交谈

您常常披着薄薄的单衣

抵御冬日逼人的寒气

那深刻话语和朗朗笑声

如春风拂面荡漾开来

成为一条路线一种信仰

2021年6月3日

兴国调查

这些光辉著作都诞生在苏区
苏维埃政权的事业正如火如荼
模范兴国县跃入了您的视野
白天走村串户和群众同劳动
夜晚召集大家开会问诊把脉
列宁小学的教室里谈笑风生
拉家常畅所欲言犹如春风拂面
深夜在昏暗的油灯下提笔整理
著名的调查报告《长冈乡调查》
为反对官僚主义拿出来活的榜样

调查研究始于1930年初夏
您写下重要著作《调查工作》
没有调查，没有发言权
不做正确的调查同样没有发言权
斩钉截铁的话语击破长空
鲜明论断荡涤了腐朽和落后
反对本本主义的谆谆告诫

如同一座丰碑巍然矗立

响亮地昭示出党的思想路线

中国革命斗争的胜利

要靠中国同志了解中国情况

要坚持从斗争中创造新局面

求真务实的行动就像灯塔

越来越多的人们选择了相信

山沟沟里诞生了马克思主义

兴国调查开出了一剂良方

从群众中来，到群众中去

关心群众生活，注意工作方法

成为一种自觉养成一种习惯

依靠这样的执着信念往前走

从瑞金走到了延安

从西柏坡走到了天安门

2021年6月4日

芒　种

越过山岗风吹麦浪

金色的麦穗铺满大地

无边的欲望泛起星光

大地的颜色涂满世界

麦子熟了弯下了腰

镰刀致敬收割了快乐

汗水和幸福在海边舞蹈

饥饿的记忆已经走远

而劳作的状态还要延续

芒种是青色的稻秧

播下希望就开始想象

如同一排排列队的青春

生长发育需经历风雨

培养是一种过程和祝福

走过山海生命注定灿烂

等到秋天定会稻花飘香

光阴快要从指缝中溜走

蓬勃的季节要辛勤耕作

玉米开始抽穗开花
成熟的标志日益显著
饱满挺立期待的目光中
飞扬的记忆化作相思
流淌在青涩的血管里
激情的岁月总会流逝
用美好和温暖激励一生
向着阳光努力拔节生长
是你顽强生存的写照

2021年6月5日

端午安康

对神明的祈求和时令的描写
才是纪念五月初五日的源头
季节变化太快灾害频繁发生
恶月恶日的恐惧感日益蔓延
楚人屈原在这一天抱石投江
汨罗的滔滔江水寄托了情怀
悲壮的画面定格为民族精神
在国家的血液里繁衍流淌
凝成一种永远的符号和象征
不惧怕不退缩奋不顾身

祛邪祈福的习惯始于夏商周
在门头挂上饰物以避灾祸
钟馗捉鬼图流行于江南市井
端午插艾作为文化悬于门框
佩戴香囊行走江湖平安归来
作为驯服自然的美好愿望
端午安康也是一种心情表达

成为一种节日流淌了几千年
祝福的词汇里没有节日快乐
只有情不自禁的家国情怀

五月初五的江水奔腾不息
困难和灾害不会自然远去
需要众志成城的信念支撑
划龙舟聚集起力量和勇气
一条船一支桨一条心一起划
相信集体的意志跨越时空
得以重返涛声震天的场面
感悟倍觉骄傲和自豪的事情
站在屈原和伍子胥的身旁
在春天就要来临的时刻
共同忍耐那最后的一场雪

2021年6月14日

雨中奔跑

一切都显得有点猝不及防
在烈日当空的焦躁和不安中
如注的雷雨和大风迎面而来
没有任何防备完全出乎意料
雨水冲刷大地阻挡了脚步
夏天未到雨伞还没有打开
道路已经泥泞世界改变步伐
在雨中艰难奔跑忍受孤独

每一次出行并不都是美好
那些愿望可能永远逗留原地
过往的车辆不断地鸣笛
提醒路上小心前方出现故障
即将抵达码头的轮渡加速
要赶在潮水到来的时候靠岸
而真正的考验才刚刚开始
须做好准备迎接浪潮翻卷

面对突如其来的暴雨天气

选择往往意味着奇迹的发生

艰辛前行还是果断放弃

心里默念一万遍也没有结论

开始的地方也许就是跌倒

付出代价不一定会有回报

有些事情没有标准和对错

信念和坚持就是努力方向

2021年6月17日

告　别

季节到了该说声告别了
空气里弥漫着淡淡的忧伤
繁茂的植被和野草丛生
一如清晨那样执着地疯长
在阳光下盛放着蓝色光芒
有欢喜的花猫从花间跳过
那些曾经的喜欢已经过去
留给了时间慢慢去放映
花瓣落在湖面寂静无声

无法抗拒那些绽放和凋落
落英缤纷的味道耐人寻味
行人路过绿意盎然的走廊
道路两旁的风景次第盛开
春天刚刚发芽夏天已然落叶
伤感的文字难以表达心情
告别的大幕已经缓缓拉开
就诚邀山海做证日月为伴

完美演绎人间四月芳菲飘尽

每天的奔忙都是一种告别
在路上行走无须刻意挽留
来到转弯处就会有旋涡激流
开阔的水面无法激起浪花
拥抱过去并不意味着未来
守望着礁石看淡惊涛骇浪
就算有痛不欲生的日子降临
今天也要努力地好好告别
勇敢地说声再见各自怀念

2021年6月27日

夏　天

歌唱夏天的精灵已经集合
它们或站立或行走或舞蹈
组成方阵穿行在季节的河流
我们无法辨识芬芳的花朵
空气里弥漫着蓬勃生长
泥泞中散发出顽强和挣扎
不可抗拒地接受暴雨的洗礼
呐喊伴随着雷声的轰鸣
徜徉在岁月的阵阵涛声里

热烈叙事是你的表达习惯
炙热的阳光透过树叶洒落
温暖大地也照亮前行的道路
光和影成为一对要好的朋友
彼此欢喜着迎接黑夜到来
固执地向往清晨醒来的幸福
黄昏是美丽心情的激情写照
夜幕深处的星辰不知疲倦

仰望星空是为了下一个旅程

在努力向上的日子里攀爬
突然暂停就意味着不再收获
风雨中的明媚灿烂如霞
燃烧的向日葵挺拔在高处
不要改变果实成熟的方式
一切繁荣都归于自己的理想
道路上的跋涉寂寞无边
通向山顶的阶梯布满苔藓
有关夏天的故事或味道

2021年6月28日

七月的光

一阵惊雷划破寂静的长空
大河奔腾不息劈波斩浪
山川无法阻隔向前的步伐
你转过身奔向疾逝的洪流
硝烟四起世界多了一抹亮色
青春的笑脸绽放不朽的光芒
奋不顾身的姿势站立成雕像
在风雨如晦的季节傲然挺立

七月的光穿过岁月的长河
梦想照亮远方的崎岖和泥泞
金色的麦浪翻滚起丰收喜讯
庄重的日子里仪式也闪耀
欢呼的潮声一浪高过一浪
宣誓的人群排山倒海般涌动
穿过百年仰望曾经的星空
如你所愿的梦想都已开花
壮丽的画卷向世人磅礴展开

这束光会一直照射下去

每个人都将被照耀被鼓舞

每个人都会成为一束光

汇聚成光的海洋荡漾开来

你身后的大道铺满灿烂阳光

大地在歌唱星河在变幻

一如年少的你热血在偾张

那束光在时空中势不可当

2021年7月2日

另一种告别

几声惊雷穿破长长的黑暗
天地间狂风肆虐暴雨如注
挺拔的树木顷刻间遍体鳞伤
飘落的声音停泊在港湾
寂寞的世界注定以痛来吻别
在岸边独自舔着淋漓的伤口
悠长的影子在雨夜里行走
落寞成熟悉的旋律骤然响起
清脆的笑声已然消逝殆尽
而夜晚笼罩着孤苦的声音
无法言喻花朵的枯萎和凋零
在孤独中坚守遥远的梦想

荒芜的土地不会生长出希望
种子发芽开花需要合适的季节
劳作的人们渴望丰收的景象
回望光秃的山岗让人泪如雨下
无法回到过去重新定义拥抱

心如槁木地站立着等待救赎

早晨从中午开始不会停顿

时光倒流回到纯真的年代

那些稚嫩的脸庞从没有走远

当火热的夏天敲响金色的钟声

整个世界就这样动人心魄

走进山海为幕的宏大舞台

和你相向而行直到朝霞满天

2021年7月3日

生长的夏天

在繁盛的季节里拔节生长
就能听见那些快乐的童话声
从枝叶间的露珠里传来消息
大地五色斑斓吟唱着颂歌
风里带来新翻的泥土气息
混合着青草的沉醉味道
鸟儿在月光下的剪影里翻飞
远处还有隐约的山峦露出
灿烂的笑容如同霞光般温暖
在白云的映衬下涌动不息

在蓝色星球的潮湿空气里
许多的植物不失时机地疯长
欢喜和渴望和着急切的风雨
天地万物努力向上突破天际
金色的庄稼就要铺展开来
沿袭所有生命的轨迹和模样
滋养新生成为神圣的使命

所有的生长都是美好的事情
在夏天即便没有雨水浇灌
阳光照耀就能收获青春永驻

生长的夏天属于童年的风景
酣畅淋漓地享受青葱的时光
嫩绿的小草在明亮的日子里
像萤火虫在夏夜里闪着光
大步流星地踏着梦想的脚步
走在风里雨里时间的春光里
不在乎别人的眼光和态度
相遇也要回到最初的约定
踩着自己的节奏追赶着涛声
动人的奇迹就会拍岸而来

2021年7月8日

奔腾不息

大地在阳光下热烈地铺展开来
沸腾的江河奔涌而来恣肆汪洋
成熟的庄稼绽放灿烂的笑容
苍翠的山岗描绘出壮丽的画卷
天地间的事物升腾起欢欣和鼓舞
在熙熙攘攘和来来往往之间转换
急促的鼓点踏着大海的涛声
任性地流淌在马蹄的浪潮里

生生不息的是你的信念和梦想
那些来自高山和源头的出发地
纯净如初美好如诗一般的存在
是你不停跋涉的动力和勇气
人们在不断地寻找最初的模样
沿着来时的路以及走过的路
如注的汗水浇灌大地滋养禾苗
成长就是不断超越自己的高度

在日月之间豪迈抒怀需要气概

潮汐涨落注定过程跌宕起伏

有奔腾向前的光芒努力照耀

一群人的故事就更加精彩动听

前面只是序章高潮往往在后面

而时间的朋友一路如影随形

记录跳跃的姿势和仰望的星辰

理想插上翅膀飞翔在天空深处

2021年7月21日

来　过

我来过你的生命里

娇艳欲滴的玫瑰绽放

为普通的日子赋予了意义

风也变得有些矫情

吹在脸上一池春水荡漾

生涩的词语陌生的句子组合

无法言喻海阔天空的爱情

大声朗读精彩的章节

思想穿越将要埋葬的故事

继续书写便有了新的开端

来过也短暂停顿过

初春的阳光透过玻璃

那些光阴也照射得清楚爽朗

温度适宜种植作物以及栽培

不再讨论季节的反复无常

花开花谢就是人生的主题

粮食是收获的喜悦心情

表达不需要语言或者肢体

在春风里看你妩媚地笑

我一生的奔忙就有了注脚

歌唱是为了迎接你的到来

没有律动的节拍按下暂停键

仪式庄重承诺更加认真

努力走进你的道路平坦宽阔

来过也尝试过很多步伐

我们致敬所有的生命美好

我们缅怀未来的不可预测

春寒料峭时节的无常

孕育了姹紫嫣红的灿烂

以及无所畏惧的勇气

2021年8月6日

大地叙事

在高山和峡谷蜿蜒曲折之间
奔腾的河流发出绵延的声音
崇山峻岭伸展波浪起伏的姿势
怎样解读险峻陡峭的山岳的意义
从高原走到沙漠再辗转到山丘
泥土用自己特有的叙事方式
赋予日夜流淌的时光浇灌着肌肤
岩石和土壤的缝隙里有风吹过
那些遇见便可以欣喜地生长
光芒穿越千年回眸焕然一新

永远到底有多远永恒在哪里
追问没有停顿问题没有答案
天地万物生生不息日夜轮回
走过大地的美好触摸温暖背影
动物和植物以及阳光和雨水
聚集在一起叙述着不朽的爱情
夏天的叙事和表达洋溢着力量

刚强和自信热烈地铺陈开来

确定的事物朝气蓬勃地盛开着

迎接又一轮波涛汹涌奔腾向海

2021年8月19日

把时间挂在了树梢

树枝上的喜鹊，在时光里鸣叫
斑驳的光影交错，流连忘返
故纸堆里走来李白和杜甫
琅琅的声音从溪水里漂来
音符和阳光一同舞蹈和歌唱

走过泥泞的道路，跋涉之后
时间从门缝里偷偷地观看
大幕已经开启，世界悄然无声
游客正在散去，寻找满地落花
没有溯源，一切顺利而美好

窗台上的花雕醉在泥土里
灿烂成最初的笑容，剪影很坚硬
道路突然结冰了，无法顺畅
呼吸有些急促，反射光线拉长
回归线上的候鸟在急切地等待

季节还在反复挣扎，彷徨失措

屋顶的月亮在云层里迷失了方向

山那边有海，沉寂许久的朋友

迎着夕阳赶路，遥遥无期

潮水淹没了沙滩上的脚印

2021年10月19日

暴雨如注的夜晚

沉闷的夜晚暴雨如注
有点莫名沮丧情绪低落
白天太阳照耀气温暖和
一场突如其来的盛宴开启
桃花开放在山间小径上
保持沉默迎接风和日丽

没有音符和歌唱的晚上
喜鹊在枝头筑起了梦
畅想在春天里的欢腾
热闹是一种生活叙事方式
寂寞的声音在心底生长
指挥的手势在空中停留
定格为一尊无语的雕像

暴雨在冲刷着一切的风景
有些树枝倒在了地上
街面上横七竖八地躺着

大地在这一刻显得格外冷清

没有行人也没有汽车行驶

世界就这样局促不安

在默默地忍受着煎熬

明天会晴朗吗

2021年11月2日

深 秋

树叶落在石径，露珠晶莹
映照一段寂寞的时光画廊
回忆留在溪涧，泛着泪光
那年步履匆匆，背影也蹒跚
夕阳西下，余晖洒满山岗
停下你的脚步吧，歇一歇
树枝摇曳生长绚烂的花朵

远去的流星划出一道伤痕
彩虹挂在天边，云朵烂漫
树林里依旧，鸟语花香
那些欢喜和悲伤，躺在树荫下
听见地下潺潺流淌的诗句
在路上，负重前行的脚步
和排列成树一样挺拔的身姿
一同演绎了庄严和肃穆

一个季节就要正常谢幕了

按照某种约定的顺序依次交替

人们需要怀念，却记住了悲伤

仪式隆重上演，没有再见

一切都会走远，消逝不见

而影子还在原地踏步等待

2021年11月2日

遇　见

不期而遇，在局促的世界
一个没有预约的繁忙下午
没有准备好问候和心情
如同没有凝望的日子那般平静
阳光明媚而慵懒，香气浓郁
秋天的花朵正在盛情绽放
芬芳的年华吐露纯真的笑容
面对面，台词是非正式的用语
序幕已经省略了一万遍
舞台上演一场刚刚排好的新戏

也许本就没有预演的世界
节目都是即兴演出，没有彩排
过程也是结果，无所谓开始
三月也有料峭春寒，反复循环
需要适应新的环境和事物
遇见快乐或悲伤，好好收藏
回到最初的状态，天气晴朗

也有明月朗照，星空闪烁

光芒照耀着大地，看花开花谢

关于收获的喜悦，已经泛滥

遇见了美好，值得珍惜

2021年11月6日

跑者身影

越过那座山丘就是大海
寂寞的跑道在脚下延伸
火焰在燃烧，沸腾的风景
穿过季节的雨，突然倾泻而下
世界就此终结了。摇曳的小船
在地平线升起。远处的白帆
直挂天边，海浪拍打岸边
征服所有，心比浪高

每一次奔跑都有可能发生意外
无法抵达也许是真实的故事
需要摒弃高谈阔论的步调
步履蹒跚也胜过止步不前
在海边和湖边，不同的场景
调整步伐很难，赶趟的节奏
无法适应。不顾疲劳的身影
一边跑步，同时呼吸

不知所措地前行不会出现

出发总有目的地，就在不远处

呼唤着同伴，自由地畅想

脚步总是匆匆，泥泞或者崎岖

山和海就在那里，没有距离

那场盛宴已经结束，舞台坍塌

一场游戏，以勇敢者的姿态

自由生长，艰难活着

2021年11月10日

生命的历程

沿途的起伏是生命的留痕
过往的崎岖路段就此别过
原本就没有谁能一直幸运
山花烂漫只是一厢情愿
听见你的呐喊和名字一样深情
来来往往的涌动中回眸一望
山峦叠嶂的群峰耸立云端
携手并肩，更加需要信念

不是所有的路程都会有终点
岔路口转个弯想到你的眼睛
微笑会出现，停顿有了拐杖
不妨尝试远眺，看见了美好
尽收眼底的风景也可能是伪装
风吹之后，影子恢复了原形
蜿蜒的坡路延伸至画面以外
烟消云散，适合重新出发

长度不是衡量的重要指标

在旅途就是一种尽情绽放

跳动的音符，气息扑面而来

打动你的每一棵树都在摇动

站立的姿势是倾斜的角度

坚强和逃避，选择决定了结果

每一种可能都是辛勤的付出

勇敢向前，打量全新世界

2021年11月11日

在冬天跑步

阳光照耀慵懒和沉寂的大地
斑驳的光影，交错排列
生长和忙碌有了不同的表达
时序更替，长河变换模样
植物的果实成熟为另一种形态
拾光者在路上，风正在赶来
加速奔跑成为唯一的选择
要赶在黎明破晓时分
追上夕阳落山的步伐

在跑道上谈论什么关系重大
坡度是为了更好地协调身体
前倾需要注意调整步调和步幅
均匀地呼吸显得格外重要
冬天以外的季节，氧气富足
理解天气和心情顺畅迈步
时空伴随者的灵魂深处
与距离没有关联，停滞不前

有关冬天的消息令人敏感

气温如何空气如何能见度如何

引发关注的焦点是风和雨雪

无须刻意掩饰，内心充满焦虑

小确幸就在不确定的世界里

期待总是在无数次冲击之后

令人鼓舞的事物发育繁茂

向往就埋藏在温暖的土地里

迎接夏天，用脚步努力丈量

2021年11月12日

河流的走向

河流的走向决定流淌的形态
向东或者向南，叙事风格迥异
舒缓或者激越，都是流动姿态
奔腾的浪花绽放光芒万丈
快乐或悲伤，不惧怕路途遥远
亚热带气候的骤变带来震撼
云朵会变幻花朵会凋谢
鸟儿飞翔的角度都会倾斜

河流的走向决定流量的大小
枯水的时节有暴雨倾盆
听见河床两岸人声鼎沸
欢呼和呐喊在潮水中划过
流域内的人和事都保持一致
尽情倾诉，完成一种仪式
奔涌不息，坚持做好自己
那是岁月的痕迹刻在骨子里

河流的走向决定流速的快慢

角度和坡度都与速度有关

高低错落的排列充盈着期待

开阔的原野，成熟的稻穗

相信过程和结果的高度关联

一路向前，永远不知疲惫

流到尽头却望见月明山川

一切的美好都如期而至

2021年11月17日

背　影

总会留下一些背影
模糊的或者即将抹去的
那些孱弱不堪的回忆
和已经远行的步履
大地就在眼前，没有漂移
阳光照射，树影斑驳
有些笑脸显得十分谨慎
在寒冬里发出一丝阴冷
只有衰草铺满整个冬季
色彩不再斑斓绚丽

拂掉尘埃，落地生根
遥不可及的灿烂已在路上
除了疲惫和焦虑之外
世间已没有格外的意义
高大或传奇，挺拔或伟岸
都是一种生命的符号
而归宿，在山海的崖边

疾步行走在天地之间

奔涌的波浪注定不会留下

转瞬即逝的永恒和爱

2021年11月18日

打碎的光阴

阳光透过窗户洒下一路斑驳
身体的疼痛还在加剧
梦见一群蚂蚁游走在海边
沙滩上人潮涌动，声音被淹没
如同翻滚的鱼，白浪滔天
前行路上遇见了谁的脚印
海风吹落船上的帆，打湿了眼眶
天空飘起了雪花，和阳光起舞
不管遇见什么，沿着海岸线前行
可以看见日升日落花开花谢

有时候阳光会迟到一些时辰
阴云密布并不是暴风骤雨的前戏
脚下的土地和庄稼还在沉睡
河流停止了奔腾，没有方向
夜晚会更加寂寞，行人匆匆
风也有些凌乱，在光与影之间
来回走动，穿梭于时间的推移中

那些曾经的咆哮已经消逝不见

追赶的脚步越来越急切和嘈杂

鼎沸的声音有点低沉，放眼望去

听见万马千军已集结完毕

在遥远的未来，以及远方

2021年11月25日

一棵树和你的眼睛

看见了那一棵树

就想起了你的眼睛

看见了你的眼睛

就想起了那一棵树

在夜里，星星点点

走在朗照的月光中

灯火阑珊处，你的眼睛闪烁

萤火虫也在树丛中游弋

星星，眼睛，萤火虫

构成了世界的光亮

树上长出了你的眼睛

还是眼睛里映出了那棵树

只能仰望傲然屹立

却无法走出似水柔情

2021年12月2日

天气，或者其他

聊天的话题，必须涉及天气
或阴冷潮湿，或闷热干燥
气候在人类世界里一直伴随
气象专家会预告一些变化
人们也会参照穿衣或旅行
偶尔预报失误，暴雨来临时
通知还在路上走着，一阵旋风
吹倒了几棵大树和电线杆
有些措手不及，慌乱中出错

季节还是比较稳定地变化
换季的时节，特征逐渐模糊
不是所有的人都能敏锐感知
迟钝的人就会遭到别人的嘲弄
成为谈资的内容，主角谢幕
植物的生长有关天气和环境
雾霾预警已经形成了习惯
而你在哪里谈论天气和心情

明天会出太阳还是会下雨

这是要首先清楚的事情

2021年12月14日

夜晚跑步

大地映射出璀璨的灯光

在黑夜里奔涌而来

涛声在耳边轰鸣

发出灿烂而陌生的笑声

阡陌纵横的血管和支架

布满整个夏天的伤痕

没有收缩毛孔和肌肤

在潮水里舒展开来

万物都在膨胀和跳跃

步履坚定地挪动前行

也需要雷霆万钧的气势

风云变幻只是心情的描写

无法抗拒炙热和燃烧

风来了云走了雨散了

故事的叙述背景为蔚蓝色

流淌的泪水点缀在夜空

跋涉是生命存在的状态

日升月落是一种天体现象

美好或许诞生于星辰大海

当仰望天空成为习惯或日常

行走本身就具有别样的含义

不在乎路途丈量的艰辛

遥远的山海发出热烈的邀请

在夕阳深处安静地睡去

2021年12月25日

意料之外

冬天没有一片雪花飘落
寂静的原野，生长茂密丛林
溪流潺潺，封冻的河床苏醒了
野花迎着寒风生长，翩翩起舞
一切都在试图改变自己的命运
呐喊没有回应，淹没在时光深处
影子站立在远处，默不作声
虚伪的面具在黑夜里四处游走
对话与交流变得不合时宜
只有零点的钟声敲醒了时间

多数事情已经在赶来的路上
有些急促，来不及认真整理
天空没有云彩，气压明显不足
而季节的温度依旧很低很湿
被遗忘的事物露出了些许痕迹
在远山，云雾弥漫着隐约的峰峦
人们不再有美好的记忆和故事

在冬天，保持沉默就是一种答案
雪崩时，没有一片雪花是无辜的
意料之外，也在意料之中

2021年12月25日

等待雪花盛开

如同期待已久的一场宴会
盛开或者凋落，都是一种仪式
来来往往的人群和故事
没有什么是不朽的传奇
雪花就这样纷纷扬扬地盛开
叙事的情节有点曲折和起伏
构思巧妙而铺排，动人心弦
浪漫主义色彩鲜明，点缀其间
结尾部分似乎显得有些潦草
只要盛大开放就完成了使命

非虚构历史走进雪舞的世界
那些被覆盖的事物无法言喻
只有顽强的生命还在努力挣扎
严寒不能阻挡蓬勃的力量
向上的动力越发强劲和澎湃
尽管生长的姿势有点扭曲
等待雪花盛开之后的季节后

崭新的绽放将来得势不可当
时间铸造了满园的春色和蓄势
一切的美好都将集结在这里
在雪花飞舞人心萌动的时节

2021年12月26日

清茶迎新

从山涧流淌而来，奔腾的江水
汇聚成这样的一湾浅浅的碧水
清泉之上，满山的沃土和植被
映照出绿意一杯，飘荡在心里
那些盎然的生机与涌动的活力
都书写在每一片叶子及其根部
新的气象和美好愿望升腾起来

没有刻意回避，无须更多焦虑
时光匆匆无法倒流，青春永驻
浩荡的河流，倒影辽阔的天空
一切的叙事都高远和粗放起来
细节并不重要，描写需要简洁
缅怀过去注意把握时机和节奏
裁剪和加工的背景是时代脉搏

茶香浓郁而奔放，热情而自由
弥漫开来，淹没一切嘈杂事物

静听窗外的岁月，时间在演绎
寻找未来的声音让人热血沸腾
打量周围的世界，要翻越千山
瞭望远方看见热气蒸腾的画面
风起云涌正汇聚着胸中的景象

2022年1月1日

追光奔跑

循着光的方向，每一步都明亮
纵然胸中有丘壑交错山峦叠嶂
跨越是我们唯一的目标和方向
踏上征程就意味着集结完毕
所有的力量都在不断积蓄和奔涌
不再彷徨和迷茫，要轻装上路
光在哪里，哪里就是前行的航标

循着光的方向，每一步都坚毅
道路上的泥泞和荆棘，密布丛生
蹚过去又是一片新的天地和世界
不是每一道坎和障碍都要越过
竭尽全力不让自己失望和后悔
每一步都坚实和厚重，山花烂漫
盎然春意总会绽放在苦难之上

循着光的方向，每一步都灿烂
征程上的铿锵步履和笑脸一样

在汗水之后醒来，围炉夜话
讨论的姿势和表情依旧温和
看见宏大的场面正拉开序幕
浩瀚的星空闪烁着无垠的光芒
奔跑在万千事物盛开的季节里

2022年1月1日

跑道上的人生

在没有雾霾的冬天里
心情就像过节，天高云淡
脚步轻快，呼吸畅快
河流没有流淌的声音
激烈的旋涡也不复存在
光秃的树枝伸向天空
一切如常，习以为常
只有跑道延伸到了天际

一刻不停地跑才有机会
不再纠结那些疼痛和伤痕
阳光下的肌肤呈现活力
焕发出新的弹性和光泽
空气清新，能见度高
一切看上去都很通透
高楼耸立云端之上
又倒映在河水深处
可以听见时间的流逝

不是每一段路程都很完美

崎岖的小路有很多弯道

看不到远方，有点迷茫

内心深处的亮光照射

没有犹豫，依然奔跑

平视前方就会出现转机

呼吸越来越顺畅自如

步履快意有了新天地

2022年1月23日

努力奔跑

所有的事物都需要精心修剪
如同生长了一季的热带植物
那些往事随风摇曳而多姿
梦想花开的时候，无拘无束
一路星光伴随，笑容灿烂
用奔跑的姿势迎接清晨和黄昏
遥远的距离只是一个符号

要用多少步履才能丈量世界
纵然高山之巅也有低落的情绪
一马平川的坦途有乌云密布
故事已经走远，新年就在路上
唯有努力奔跑，岁月静好如初
植物界的凋落也是人生常态
不必在意世俗的眼光和论调
以及那些庸俗不堪的事情

人类的集体脚步从未停歇过

清晰的身影伴随着湿润的季风

制造温和而宜人的繁衍环境

恐龙时代的含义是不思进取

进化论主宰着思想的蔚蓝天空

无论如何也要走出茂密的森林

奔腾的江河孕育文明的高度

新风正在吹拂，春天就要来了

2022年2月2日

自由绽放

乍暖还寒时节，雨雪纷飞
含苞待放的桃花不合时宜
姿势如同飞舞的蝴蝶
季节交替生长，习以为常
绽放或者凋敝，灿烂或者谢幕
生命就在轮回中充满着希望
随性自然的气息可以呼吸

简单的词语其实很难做到
经典的事物也是基本的事物
道理都很浅显，如裸露的岩石
在风雨中跳舞，跋涉如歌四季
要探讨的命题，比如空气阳光
总有雾霾侵袭而并非如愿
我们的祈祷也变得如此渺小
在循环往复中不停地寻找

不管曾经骄傲还是如此谦卑

自由的力量一直在发光

庄稼还在地里，也在大棚里

却怎么也离不开土壤和肥料

有一些变异的环境，情有可原

大地啊我的母亲，您的孩子

生生不息地繁衍，自由绽放

开满枝头的花朵傲然挺立

2022年2月2日

立 春

以为立春了，气温会回升
哪知昨夜的一场大雪覆盖
皑皑雪山和辽阔天空浑然一体
关于冰雪的话题上了热搜榜
人们被带入了设置好的议题
讨论这场雪的南方人据说很多
新年的愿望也有瑞雪兆丰年
立春快乐，在料峭春寒里

以为立春了，草木会萌发
犁开大地的肌肤，芬芳很遥远
那些庸俗的事物集结在河边
看冰层融化成流淌的笑颜
桃树在春风中荡起期待的眼神
柳枝已经迫不及待地摇摆起来
几只小鸟停留在老树的枝丫里
报告冬天里的温度和湿度

以为立春了，一切都会蓬勃

季节转换的旋律似乎也有变奏

不是每个黎明都有旭日东升

生机盎然也需要自然天成

朝晖映射出新天地的光芒

行走在路上的风景动人心魄

只有跋涉，才能不断领略

山川秀美总在立春之后

2022年2月5日

关于春天

多个版本的春天集结完毕
含苞待放的以及盛大怒放的
每一朵鲜花的绽放都是快乐时光
结果都避免不了凋零和枯萎
哪怕短暂的停留也要留下永恒
落花成泥的经典变成你我的常识
把春天埋葬在土地里和人群中
流逝的岁月总是留恋地回旋
泛滥成溪流潺潺，尽情流淌

在春天讲述关于花朵的故事
需要搭建起场景和叙事风格
每一个故事都需要一个结局
如何开端，怎样启承转合以及
构思布局巧妙而不露雕琢痕迹
题材宏大而往往难以驾驭
乍暖还寒时节，天气也有偏差
雪山的天际线开始融化成彩虹

盛开起来就是一场美丽邂逅

一切都在不经意间定格为镜像
熟悉的声音再次穿过玻璃栈道
奏响春天的交响，滋养着草木
曼妙或者昂扬的姿态和旋律
在山谷里回响，荡起阵阵清香
明媚的阳光混合着潮湿的气息
每一次跋涉都是艰难的生长
没有理由拒绝期待已久的鼓掌
春天的列车不会为谁而停留

                    2022年2月13日

征　途

又一次出发，步履有些沉重
征途上发生的一切不过是插曲
无法阻挡星夜兼程奔赴前路
始终沿着光的方向，踏雪无痕
群山在远处无言地漫长等待
林立的城市散落在地球的边缘
星空浩渺，夜幕中闪烁着光芒
人类的足迹跃过无垠地平线
需要仰望才能抵达奔腾不息

寻找属于自己的方位和使命
循着光的道路，照亮所有
大地呼吸刚发生的新鲜事物
等待黎明的曙光，灿烂的笑容
天真的时代已经成熟为稻浪
泛起阵阵清香，吹散烟雨云雾
飘落的树叶和季节一起重生
只有光和影不离不弃奔赴远方

在时间的穿梭中传递着温暖

再一次出征吧，在光的照射下
发霉的日子会发出新芽和亮光
泥泞的道路，痕迹和脚印都在
绽放的烟花和玫瑰一样美丽
光辉岁月里的主题曲放声歌唱
启程的号角已经嘹亮地吹响
瞭望清晰的轮廓书写绝美华章
追光奔跑展示生命的崭新力量
以及生生不息的信念和河流

2022年2月15日

雨　水

立春之后就应该是雨水
时序更替会自然发生
不必在意春天忧伤的脚步
那些蹒跚而来的声音里
传递出急促的呼吸和心跳
天气变化很快，比冬天还寒冷
身体有些不适，消化功能紊乱
远山的雪峰倒映在溪流中
垂柳拂面依稀听见清脆悦耳

种子希望破土发芽和生长
在最适宜的季节遇见雨水
在萌动的日子里春暖花开
顽强的灵魂就在泥土里孕育
跋山涉水也要来到源头和最初
尽管稚嫩和朴素也是一种力量
山川秀美总会迎来峰回路转
柳暗花明只能在立春后浮现

雨水浇灌才会花红柳绿

不必担心错过花开的时节
纯真的世界，缤纷的表演
雨露滋润的大地光芒万丈
灿烂绽放的色彩不会衰败
争奇斗艳注定是进化的结果
春雨落在枝头，花瓣欣然
为了纪念或悼念逝去的喧嚣
默默伫立，在蒙蒙细雨中
寂静和欢喜洒满天地

2022年2月18日

遇见西岸

遇见西岸就遇见万水千山
路的尽头就是花开的梦想
踏上旅途，风光便不再遥远
两岸的景致，透出人间美好
那些匆匆的步履轻盈抑或沉重
映射胸中燃烧的火焰和世界
雨水过后，一粒欣欣然的种子
努力着拱出了冻僵的泥土
树木急切地盼望着发芽
在生长的季节播下春天

纷繁的思绪，开放在西岸
整理的笔记不经意流落荒草
就像野花开满山岗喧嚣热闹
寂静之后发现裸露的岩石
以及行走的脚印残留的身影
模糊地刻在骨子里和河床边
等待路过的人们随风翻阅

随性的遇见和随意的人生
默默守护着誓言唤醒了沉睡
孕育出崭新的姿态和生命

踏上西岸，眺望着风雪远山
打开窗户就能听到激越的跳动
世间的沧桑巨变就在一瞬间
律动的确定让人无法自拔
江河奔腾，唯有时间沉默
各自安好，也有希望埋藏
在岸边演绎曲折蜿蜒的故事
涛声如风带走少年时的梦
听流水花落抚慰荒芜的沙漠
在灿烂明媚的午后阳光普照

2022年2月20日

惊 蛰

即便没有惊雷，那些萌动
也为春天提供了完美的证据
种子就要发芽，泥土有些松动
微微的寒风还在树梢之间停留
鸟鸣声此起彼伏，婉转悠扬
有些在急切地呼唤雨水的到来
而另外的声音在呼朋唤友
一切美好的事物都聚会起来
等候草木茂盛花香鸟语

行走在时间的写意春色里
撩人心弦的美好流淌出来
芬芳的气息以及绽放的光芒
苏醒之后才找到大地的怀抱
欣欣然地赶着奔驰的地铁
驶向远方的远方，那里是故乡
公园的长椅上存放着梦想
最初的模样，就书写在脸上

任凭人来人往，尽管熙熙攘攘
大道至简，而繁华依旧

远处的雪山传来融化的消息
西岭千秋倒映在时光的画廊
暮色渐深，灌木的落叶飘零
芳华褪去，人间的烟火升起
听见流水潺潺，满地落花
春天太过烂漫，瞬间流逝
就在惊蛰过后，漫天的柳絮
回归天真的本性和灵魂舞蹈
在初春的暖阳里随风生长

2022年3月9日

春山可望

内心的某种渴望与冲动
在这个季节无节制地疯长
风吹过的地方草木茂盛
美好的事物也最容易发霉
总是希望在阳光下晒干水分
把裸露的肌肤和骨架放大
排列成队伍的形状等待检阅
溪流的私语声蔓延开来

春山的高度在发生变化
可以感知盎然向上的突破力
攀爬的藤蔓和奔跑的兔子
活跃在高山和平原深处
激情点燃事物的生长规律
在低谷才可以仰望山顶
星星的光芒还没有褪去
照耀大地的怀抱山河壮美

跋涉千里之外的疲惫不堪

已经化作尘埃和星河灿烂

时间的刻度和指针完美结合

雪山依旧挺拔傲然矗立

山花烂漫的时节春意荡漾

就在山脚下等待归来的信息

半塘春色点缀人间烟火

不息的火焰如春笋破土

听见了拔节的激昂声音

2022年3月13日

雨　季

雨季到来。苔藓植物在疯长
雨水流向河流和无边的远方
沿着河床的方向流淌出涛声
在转弯处，那些翻卷的浪花
绽放成岩石般的光芒和泪水
季节转换，冲刷是一种姿态
在太阳雨的洗礼中盎然生机

雨季到来。空气里孕育生命
发酵的过程总让人感佩不已
温度和湿度的变化循环往复
行走的姿态契合变幻的云雾
烟雨的日子，流动的油纸伞
绿意葱茏的景象正奔涌而来
老藤和鹅黄的嫩芽共同演绎

雨季到来。于无声处听惊雷
寂静和欢喜都在赶来的路上

在四处寻找机器轰鸣的声音

人们奔走在田野间挥汗劳作

麦苗抽穗，波涛在大地翻滚

当仰望成为习惯天空会变蓝

星星如同雨滴落到人间仙境

2022年3月31日

重读茨威格

80年后的温暖春日

重新阅读你就是一种相遇

在时间的漫长隧道里

你已经化作不死的灵魂

不再是一串冰冷的数字

那些记载你离去的灰暗日子

战火的硝烟和流浪的记忆

无法抗拒你对自由的渴望

你选择不一样的方式归去

在黎明来临前遁入不朽

80年后的温暖春日

重新阅读你就是一种抵达

欧洲的天空不总是蔚蓝

争吵不休让美好蒙上灰尘

群星璀璨的星空已遥不可及

你走在万家灯火的路上

那盏灯照亮了整个森林

温暖了路途的寒冷和疲惫
时代嘲讽了生活的态度
你却一饮而尽酣醉人间

80年后的温暖春日
重新阅读你就是一种努力
奔腾流淌的河流日夜兼程
命运的季节变幻莫测
同一个星球不同的轨迹
消弭隔阂如同和病毒战斗
冷漠的眼神令人不寒而栗
冰雪消融待到春暖花开
肩并肩走过泥泞和坎坷
拥抱雪后初晴的清新和美好

2022年4月12日

跋涉千里

从大漠戈壁深处赶来
每个人的旅程都是注定
没有谁能够找到捷径
只有不停地跋涉和翻越
那些流淌的汗水和满眼泪水
顺着耸立的山脊冲突而来
高原上开满不知名的野花
作为一种点缀一种象征
自由的飞翔在这里停泊

开放在时间河流上的期待
只有无休止的纠结和坚持
理想散落在流浪的旅程
光芒照进现实的港湾
精彩的故事有些不合时宜
行走的力量还在顽强抵抗
在千里之外的牧童短笛
悠扬地吹奏满脸的欣喜

每一个跋涉者都有春光

如同启程奔赴一场盛宴
酝酿一个世纪的精美台词
热烈奔放抑或优雅大气
一路吐露芬芳渲染大地
用前倾的姿势向世人宣告
曾经的荒漠也会草长莺飞
只要浇灌就有茂盛的烂漫
万物复苏的迹象已经扎根
排山倒海的脚步声悦耳动听

2022年4月12日

大雾弥漫

穿行在大雾弥漫的早晨

无法确定风吹来的方向

行进中的事物如江河行船

前方在哪里，远方在哪里

停泊靠岸的码头还没有浮现

急切地赶路，缥缈的幻觉

声音穿过森林的流水

抵达是一次遥远的梦想

追逐江河的脚步越来越近

靠岸也需要勇气和能量

海市蜃楼只是另一种奇观

筑梦前行的动力来自呼唤

在岸边伫立可以望远

桅杆折断了飞翔的翅膀

海平面正在急剧上升

月亮照耀着沸腾的大海

奔涌激越的旋律骤然响起

踏着海浪的节拍一路向前

风起的时候还有云雾缭绕
路标清晰，攀登斑斓的梦
锚定了山岗上飞扬的号角
呼啸而过的声音划过晴空
身体倾斜的角度与山峰平行
高傲的头颅一直挂在嘴边
比肩树干，和岩石一起站立
挺拔是唯一的选择和决定
长成参天大树收获理想

2022年4月12日

桃花盛开

是时候去看看桃花了

南方四月天，桃花已凋谢

曾经盛开得无比绚丽的桃花

比烟花还灿烂还寂寞的花朵

在山野中放肆地烂漫一季

笑过哭过之后不再留恋

风过花落，香泥醉满大地

烟雨朦胧，桃花笑卧春风

苍翠的山岗留下逝去的痕迹

满目桃树挂满无数的等待

在连绵的山岗迎风招展

踏着花瓣小径拾级而上

泥土散发出蓓蕾的味道

骄傲的花儿早已融入树根

坚定内心的选择和志向

与命运的约定美好相遇

宽阔的土地化为诚实的山梁

遒劲的树干连接着蓝天

只有埋葬自己才能实现价值

使命召唤，日以继夜地跋涉

枝丫的尽头孕育新的生机

果实就在前方，次第展开

就算付出努力也要学会忍耐

等待成熟和勇敢再次绽放

2022年4月14日

细雨中奔跑

湿润的跑道如同肌肤

在细雨中映照出动人光泽

优美的曲线蜿蜒起伏

乐章就在脚下，激越昂扬

高亢的斗志都是满眼的绿色

在春雨里奔跑，流淌着泪

遇见你，山河已面目全非

无法抗拒升起的那一轮朝阳

在苍翠的山峰燃烧着希望

静默的跑道如同飘带

逆流而上的河水奔涌而来

跃入怀中的远方风景和味道

变得仓促，熟悉而又陌生

那些影像也逐渐模糊不清了

埋在干枯的河床里变成化石

每一次抬头挺胸都是仰望

你在前方，草木早已泛着绿光

季节更替的信号覆盖大江南北

只有在细雨中的跑道上
奔跑才变得美好，富有魅力
光芒是为迎接你营造的氛围
风雨只是湿润一下干燥的气候
没有什么能阻挡黎明的到来
一切事物终归会按照规则运行
或者一定的逻辑，美好的曲线
世界的最初也就是混沌状态
决定以后再也没有改变过

2022年5月2日

疼　痛

有疼痛才会有真切的体验
肌肉的收缩和舒张开始蔓延
秩序已经建立，建筑风格迥异
流动的血液等待下一场风雪
提前预约就诊成为规定动作
可预测性就建立起了模型
每一个程序会被自动控制
一切就会变得可以预见

手臂的活动也受到限制
肌肉酸痛以最直接的打击
警告那些过往的一切片段
提醒关注平常忽略的事物
带着疼痛，行走在路上
所有的目光都是新的灼伤
无须刻意掩饰，内心的恐惧
在街角的路灯下裸露出来

没有谁能够逃脱疼痛

既然与生俱来，坦然面对

舞台上的表演不可能完美

掌声代表鼓励，无法掩盖缺陷

哪怕生命已经支离破碎

也要保存好内心的火种

直到燃烧的神圣时刻

选择与理想一起埋葬

2022年5月2日

世界会好好的

彩虹构成不同寻常的美景
绚丽得如同真实的谎言
花朵在晚霞里黯然失色
哭泣的声音从地缝里传来
在寻求真相的道路上
从来没有平坦和艳阳满天
勇士已出征，便不再胆怯
这世界总会好好的

太阳底下没有新鲜的事物
一切都在现场，没有目击
不断重复也是一种境界
追问光影交错之间的黑暗
哪怕生命往往脆弱不堪
也要把握时机愈合伤口
活着就是唯一的信念
骄傲的勋章不值一提
这世界终归好好的

人生就是一次伟大的冒险

走到尽头还以为刚刚启程

谁都是一边流泪还一边自愈

强装笑颜抑或半夜泣血

都是一场表演，自我欣赏

断臂的维纳斯面带微笑

迎接蜂拥而至的参观者

这世界依旧好好的

2022年5月8日

风吹麦浪

金色的麦田泛起波澜

欢呼雀跃和激动的心情

行走在波浪翻滚的世界里

乌云散去，太阳即将灿烂

大地开始静默，风吹过处

麦穗成熟为无声的语言

低头沉思是劳动者的姿态

弯下腰挥动镰刀收割季节

那些果实散发出汗水的味道

滴落在干涸的河床之上

种子孕育，新苗即将培土

新生和换季会出现阵痛

拔节是岁月的另一种见证

看见麦田，便抵达幸福

诚实的劳作不会开口说谎

每颗麦粒都是饱满的情绪

远离饥饿似乎并不遥远

泛黄的故事还在反复播放

风吹麦浪，沉甸甸的回忆里

谦逊和美好在悄悄发芽

麦苗青黄，希望就在前方

宏大的叙事在延展中曲折

想象思想的慰藉，雨露滋润

起伏的麦浪漫过无悔旅程

大地欢腾起来，回声嘹亮

耀眼的麦芒盛放在阳光下

2022年5月19日

支离破碎的时光

走在光影斑驳的路上
摇曳的时光在树梢上流淌
昨夜的露珠还留存着余温
像晶莹剔透的雪花挂在天边
河流静止，浪花拍打河岸
没有船行的河道冰封起来
那些支离破碎的日子
倒映在快要垂落的树叶上
顺着河流的方向摇摇晃晃
飘荡在空气里发出声响
黯淡的光晕笼罩整个夏天

时光就这样走着，没有路标
像流逝的月光洒满大地
寂静无声的世界没有回响
寒露和秋分有不同的颜色
新的节气挂在山川湖泊之上
深情地注视来来往往的行人

旋转的舞台，交错的时空

在隧道口就可以看见亮光

一路回望，那些缤纷的花朵

无拘无束地盛开在时光深处

燃烧自己点亮破碎的声音

2022年6月16日

听见蝉在歌唱

听见蝉在丛林里歌唱
声音穿过人海飘向田野
繁盛的秧苗在不远处生长
绿意盎然，热闹盛开的花朵
夏天在蝉鸣中热烈而芬芳
金色的光芒照耀着大地
暴雨来临，河水即将暴涨
泛滥的心情铺满整个流域
在稻田深处，力量在拔节之上
壮美的画卷在涌动翻滚
回答季节的提问和展演

蛙鸣是夜晚的另一种蝉声
仰望星空，高亢而孤独地演奏
回声嘹亮在无边的旷野和溪流
在丰收之后，讨论没有停顿
播种成为人们的焦点姿态
收割庄稼被定义为庆典或节日

对粮食和食物的顶礼膜拜

测量出天地之间的关系和距离

在遥远而陌生的世界里

种植的梦想或许不会发芽

那些潮湿的传说和故事

在蛙鸣里寂寞地歌唱

2022年6月27日

关于绽放

关于绽放，我无数次想象
那些盛大的场面以及绚烂色彩
春天刚刚过去，一切都在生长
最好的季节莫过于热烈地邂逅
妖娆的风，吹拂过田野里的庄稼
一夜之间拔地而起的禾苗
舒展开郁郁葱葱的蓬勃力量
带着野蛮的骄傲和快乐
和藤蔓植物一样疯狂繁衍

关于绽放，我无数次定义
高山和江河是大地的尽情绽放
生命的降临是母亲的完美绽放
埋葬那些在春天开放的花朵
像种子一样在寒冬里孕育出生命
歌唱那些随风飘舞的季节
无数个生长的孩子奔跑的身影
在夜晚悄然绽放着自己的光芒

每颗流星都会划出自己的轨迹
或灿烂，或陨落，或寂寞
像生长的稻秧，簇拥着田野

关于绽放，我不停地歌唱
那些欢乐或者悲伤，都在原地
只有寂寞地等待树上结出果实
成熟为满目的稻浪铺满大地
收获的喜悦漫过热情的海浪
拍打着沾满露珠的翅膀
目光在季节里发芽生长开花
努力追逐属于自己的梦想
需要放下所有的自尊和骄傲
在一望无际的原野和山岗
遇见春暖花开，寂静欢喜

2022年7月13日

触摸稻田

扫面而来的生长气象

葱茏的绿意和岁月铺向天际

稻秧以一种俯卧的方式

把大地覆盖成希望的颜色

粮食和饥饿结伴而来

打扮成我们熟悉的模样

能不能回到过去的时间里

听取蛙声和雷鸣有关的消息

阵雨瞬息万变刚刚落下

无法判断那些成熟的稻穗

是否感知风吹来的方向

稻田始终是灵与肉的存在

伟岸如斯寂静无声的陪伴

张开怀抱的那份温暖和宁静

如沉默寡言的父亲厚爱如山

走近或者触摸只是一种姿态

田里的鱼和青蛙来不及跳跃

稻花已经绽放出自己的光芒

我们关心稻花的花期以及香味

寻找每一株生长的景象

浇灌和除草都是分内的安排

默默致敬耕作和弯腰收割

诗意和远方就种在稻田里

2022年7月20日

生命的岩石

走了很久的时间变成石头
埋了几亿年成熟为历史
风化的记忆在阳光底下剥落
河流依旧在流淌，没有尽头
两岸花开花谢，来来往往
石头在山顶眺望来时的方向
婴儿的啼哭声清脆响亮
那些痕迹和纹路清晰可见
标明了出处和最初的模样

时间会埋葬所有的喧闹
没有谁会输，也没有谁会赢
表演的舞台已经落下帷幕
听见麦田里陌生的收割声
劳作的姿势已提前收获传奇
生命的长河里长满了野草
帆船划过，荡起蓬勃的浪花
扬起一条旺盛的生长抛物线

在河床里，石头依然袒露
歌唱那些流逝的时光和真理

终于要放弃最后那抹色彩
岁月却留恋那块原始的石头
当一切都被遗忘或者被摧毁
人类的记忆在荒原里跋涉
太阳升起又落下，照亮坦途
不息的变幻映射出时过境迁
江河在奔腾，意志在生长
时间流经亘古不变的传说
冲刷葱郁繁盛和贫瘠荒漠

2022年8月3日

突如其来

突如其来的声音穿过黑夜
在暴雨的洗礼之后汹涌而来
黎明破晓时分，鸟儿挥动翅膀
踏上属于自己的飞翔旅程
灭绝时刻，或者重生的道路
在天地间升腾起一道彩虹
那些曾经的泥泞或者不堪
像山洪一样暴发，没有预警
时间急促不安，也来不及逃跑
浩荡的恢宏如同平静的湖面
鸦雀无声，继而辗转反侧
每一个挣扎和呐喊都牵动人心

一切都关联着，又突然消失
背影也曾划出一道努力的弧线
简洁清晰，流畅自然的气息
光秃的老树昂扬起生命的头颅
伸向天空，倔强起不屈的脊梁

过往的历程承载了多少重量

汗滴和微笑一同走进霞光里

映照出挺拔和弯曲的身姿

浅滩和深沟，在河湾里停留

裸露的岩石如同肌肤一样光泽

流动的潮水，斑驳的光影

融入时间的迥异叙事风格里

尝试和预测都可能遭遇失败

成熟变得幼稚，骄傲如同缥缈

陌生的词汇缔造完美的结构

或许梦想永远不会醒来

劳作的收获如同春天的秧苗

在季节的更替里抽穗开花

只有残荷听雨孤独而冷清

拍一拍身上的尘土和落寞

哪怕突遇暴雪也要燃烧柴火

封冻的河段，融化的雪水

流淌的肌体已经恢复生气

手挽着手迎接崭新的画图

2022年8月14日

大地在龟裂

地球在呻吟中怒吼着

雨水充沛气候温和的欧洲

遭遇五百多年未遇的炙烤

泰晤士河上游，裸露的河床

撕裂的大地，哭泣的伤痕

死去的鱼争先浮出水面

仿佛在怒目地望向天空

莱茵河畔，凋零的船只

欧洲经济生命线在告急

北极圈的动物焦躁不安

唯一的选择只有继续进化

或者不断死亡以及逃离

长江告急，无数干涸的河道

红色的血管似乎发出了天问

那些打破的纪录成为一种符号

自1961年以来的标记

印刻在记忆里，埋葬在时间里

无法抹去的伤痕还在那里
曾经悲壮的故事远没有忘记
呼吁节约每一度电的心情
在云雾里逐渐模糊直到消失
历史的长河会再次拐弯吗
没有人知道也没有人回答
两岸的猿声不住地哀鸣

变暖的气候如同惊雷炸响
人们开采的足迹还留在昨天
贪婪和索取依旧没完没了
一切坚固的东西烟消云散
满地的鸡毛，琐碎的日常
留下的痕迹很快被洪水冲刷
光阴的镰刀在勤奋地收割
那惊恐不安中度过漫长岁月
遗忘的角落总是藏着悲伤
逆流而上，大地盛装出席
山花烂漫时
永恒的燃烧辽阔而壮丽

2022年8月21日

静默的城市

一场浩大的送别仪式
在城市里瞬间铺展开来
繁华喧闹过后迎来一阵静默
人们不再忙碌，驻足停留
红绿灯依旧在路口闪烁
光芒照耀着金色的大地
江河之上，流淌的血液
奔涌着不息的生命和爱情
勤劳和善良，落英缤纷
多彩的世界即将回归

早上醒来看到太阳升起
昨夜的天空似乎繁星点点
循环往复的事物格外唠叨
告别什么，没有统一模式
每个人都有自己的想法
来来往往的生活戛然而止
回到寂静的路上，悄然无声

怀念或者希望一切安好

新的土壤正在逐步累积

而种子已经破土发芽

一粒尘埃缓缓飞扬起来

等待飘落，已满地狼藉

人们需要关注世界的方位

打扫干净屋子迎接新气象

雪已融化，春色走在路上

烂漫的季节绽放在街头

匆忙的脚步越来越急促

各种紧急检测已经结束

站在门口等着远处的呼声

追赶时间的脚步铿锵前行

2022年9月5日

突然逝去的晨昏

一段旅程在某个清晨戛然而止
山峦依旧叠翠，河流日夜流淌
躺在绿意葱茏的岁月里仰望天空
脚步声骤然响起，你的蓝色眼眸里
映照出未曾抵达的远山和海岸
呼唤着熟悉的名字，没有回响
几帧模糊的记忆残留在破碎的路上
来不及收拾行李，匆忙赶赴现场
掩埋的石头和工具一起走完了一生
潦草地离场，回望着来时的路

激流之上的身影还在穿梭忙碌
背负行囊出发，道路向前延伸
悬崖峭壁边缘的徘徊和挣扎
咬牙把你抱在怀里扛在肩上
看见太阳落下暮色降临的黄昏
生命轮回里猝不及防的生离死别
万家灯火时，一声啼哭划破寂静

黎明破晓，微笑染红了风霜

艰难行进在泥泞和废墟之间

每一次抵达都是对生命的礼赞

逝去并不意味着生长的停止

流动的声音传递着苏醒的力量

留给悼念的时间格外仓促

早晨和黄昏之间，急切地停留

在万丈悬崖边上的生命天梯

人排列着人，呼吸连接着呼吸

顽强不屈的脊梁就挺立在山岗

盎然生机的庄稼迎着朝阳攀登

大河岸边，岩石裸露着筋骨

奔腾着不息的光芒，温暖了大地

2022年9月10日

归 来

用一种方式在月光下明媚归来
当黎明还在酣睡，星光眨着眼睛
战场依旧，却没有了炮火和硝烟
看不见远处起伏的山峦，炊烟升起
人世间的万物在目光中逐渐浮现
地平线以外，天真和快乐如此简单
人间有花开，绽放的光芒洋溢着
热烈而欢快地呼吸自由的空气

史书中的华彩篇章已近尾声
终有离开的视线模糊了双眼
那些巍峨和壮观的景象变得遥远
磅礴的大雨浇灌着大地的胸膛
万家灯火时，泪水流淌清澈无边
寂静的欢喜簇拥着繁花落尽的冬天
越过山丘，与缤纷的季节邂逅
盛开终将落幕在世纪的长河中

归来的姿势定格成前倾的模样

行前的誓言已变成风雨后的彩虹

无论怎样远行，真切的呼唤依旧

远山矗立，和挺拔的脊梁一样

父亲坚毅的目光朗照着大河两岸

只有不停地往前游才不会落水

朴素的语言才能表达永恒的真理

却需要耗尽一生的时间去捍卫

2022年9月24日

时间的河流

一粒并未饱满的果实即将坠落
刚刚离开遒劲的树干，带着新鲜
毫无顾忌，也没有留恋，径直地
奔向那片熟悉的土地和光影里
劳作的姿态映在收割后的稻田里
水光山色的画作在秋天里湿润
阳光慵懒而随意，河流漫不经心
奔涌的声音安静了下来，没有喧闹
斑驳的砖墙上，一只青色的螳螂
自在地爬行，告别了降临的暮色

一片干枯的荷叶还挂在枝干上
荷塘寂静无声，蜻蜓早已离去
时间在骤然的停顿中走进了清晨
倔强的茎根依然迎着阳光和风雨
凋零的只有内心深处的柔弱
来来往往的行人不会驻足停留
几尾小鱼结伴而行，增添了生气

世界在动静之间快乐地旋转跳跃

闭着眼睛，能听见水流的声音

问候凋零的绽放，抚慰残缺的笑容

一池清澈的湖水装满过往变迁

安静地映照出世间的美好与忧伤

水温是季节的注解，标签醒目

崭新的倒影，每一天都摇曳多姿

湖水荡起涟漪，有奋力游的野鸭

打乱了平静，回不去最初的模样

所有的美好都驻守原地，静待花开

百舸争流的长河里却也风和日丽

而暗礁和险滩像森林一样密布

在某个转弯处或者逆流的波涛里

突然传来船只沉没的声音或消息

                                    2022年10月3日

走在时间的边缘

长满苔藓的石径，直接通往山顶
仰望是一种姿态也是丈量世界
遥远的距离变得有些陌生和美好
雨滴梧桐树，发出滴答的声音
时间在流逝中选择靠岸停泊
那些逝去的青春和吼声没有停步
选择是对时间的尊重，终将释怀
放下或者在边缘，美好代表一切
无法抵达的深处就在云端之上

跋涉也是一种姿态，向上的力量
怀抱理想和热血，沸腾的青春年华
呐喊出心中的形象，注定一泻汪洋
奔腾不息的河流成为形象和标志
时间永远停留在原地等待初春乍现
看见了蓓蕾绽放，光芒就在路上
在最初的原点有很多模糊不清的印记
无法言喻的心痛，窒息般的绝望

航标灯闪烁在迷雾重重的海面上
无法标识内心即将停泊的港湾

布满青色的记忆和风筝一样飞行
选择在陌生的边缘继续徘徊不前
大西洋的暖湿气流经过干涸的河流
时间终会愈合伤口，两岸花开花谢
季节的变化从来就没有规律可循
春暖花开的图景只是过往的云烟
游走在时间的边缘，序曲慢慢开启
昂扬的旋律只是另外一种悲伤逆流
万物生长着向阳的力量和勇气

                    2022年10月8日

与季节有关

事物的诞生与消亡都与季节有关
来不及梳理和总结，现实很残酷
一夜秋雨淋湿了所有人的记忆
有些事情浮出水面，一直在疯长
阳光下的阴影发生折叠和累积
落叶缤纷，湖面波澜不惊
植物在赶来的路上突然失去生机
土壤和气候都发生了很多变化
纵然在夏季，禾苗没有挺拔起脊梁
只有回到最初的模样拔节生长

已经打捞上岸的残片裸露在沙滩
月球带来的潮汐，淹没了脚印
追逐快乐的时光遇见了黑暗森林
寒潮已经在路上，没有任何预报
离岸的人群在拐角处拥挤不堪
艰难时刻的选择没有复制和粘贴
需要重新架构和调整的目标已达成

回到人间四季分明的折射时光

道路已经尽头，花落已碾压成泥

孕育新生的力量在枝丫间繁茂

冷空气南下的速度超出了预期

越过秦岭山脉，就没有了阻挡

一览无余的坦荡，风清月朗的俊逸

平原地带的边缘耸立着崇山峻岭

风在这里原地打转后落下大雨

在隧道口等待穿梭来往的时光

赶路的人们有一些渴望和期待

那是牧人对于草原的挚爱和眷恋

大地回春时节，总有涌动的暗流

朝着来时的方向不停地往前游

2022年10月11日

饱满的日子

麦粒在夏日里逐渐饱满
六月的金黄属于麦苗的向往
铺满秋天的情绪，诉说成长
那些曾经的苦恼和困惑依旧
朝霞满天繁星点点的天空
等待明天，灿烂阳光的收获
村庄和世界是平行的宇宙
庄稼逐渐成熟，点燃了梦想

如愿做一粒饱满的种子
期待已久的发芽正在酝酿
通往晒场的山路崎岖蜿蜒
起伏的山峦勾勒出完美轮廓
自由的呐喊淹没了喧嚣浮躁
故事没有完结，日子需要继续
空洞的语言诠释干燥的肌肤
出走是一场盛大而美丽的邂逅

需要把日子过得饱满一些

天高云淡，情节曲折而离奇

有些诗句无法想象戛然的结局

抽穗的麦苗倔强地昂扬起头

绽放出绚丽的光芒和灿烂

金色的日子混合着香草的味道

高谈阔论里流动着古老的传说

渐行渐远的未来就在拐角处

                              2022年10月17日

眺望远方

越过山丘眺望父亲来时的地方
田野开满菜花，溪流蜿蜒流淌
蓬勃的生机在茂密的丛林里蔓延
野草在无序而顽强地向上攀登
时光在竞相绽放的季节满载而归
慈祥的模样，明媚的阳光和笑容
穿过熙攘的人群抚摸旅途的倦意
理想没有走远，光芒依旧照耀
父亲的叮嘱铺满了金黄的秋天

无数次的眺望窗外以及远方
跨过千山万水与您的目光相遇
山峦起伏的姿态托起宽广的胸怀
果实日渐成熟，庄稼就越低垂
嘱咐和教诲如同禾苗一般茁壮
风雨里遇见，父亲挺拔的脊梁
在霞光里描绘成不屈的镜像
无法想象没有那座山峰的标引

徘徊的脚步永远不可能抵达

一辈子眺望都走不出您的视线
远方就在故乡，不苟言笑的形象
扎根泥土的植物历经磨难而不倒
山川险阻，仍然需要努力奔跑
道路泥泞，必须保持姿势向前
路上的景象也有荆棘丛生的荒芜
战胜孤独和无助，还有流言蜚语
父亲和蔼的态度如岁月奔涌
一路随行的月光洒满整个路程

2022年10月18日

怀念玉米

长在贫瘠山坡上的玉米
在一场风雨之后倒下了
根还在，硬硬地扎在泥土里
长出了新叶在晨风里招展
没有人去浇灌，随意生长
也没有人注视，孤独地成熟
玉米的一生没有多少仪式
和季节搭配走完整个旅程

对玉米的怀念是揪心的
高温天气还在肆意地泛滥
暴雨已经在酝酿的路上了
结出果实还要经历很多摧折
也许是一种习惯或者状态
不管你是否愿意，选择相信
种子会发芽，树木会开花
盛大的邂逅总在明媚春光里

刚刚经历饥饿，疼痛还在

对玉米的怀念是很自然的事

有些果实不一定饱满圆润

形状可能有些丑陋甚至不堪

求全责备是一件容易的事情

有谁在意生长过程的艰辛呢

只要能有结果，使命在肩

生命的力量总会向上攀爬

2022年10月18日

关注村庄

对村庄的关注早已成为习惯
如同关注粮食关注一日三餐
五彩缤纷的世界来自遥远的村庄
用泥做成的土坯烧制成各种餐具
而米饭也是从泥土里长出来的
那些秧苗的生长速度与收成多少
取决于土地的养分含量和水质
以及扎根泥土的姿势，要挺起身
无论如何都离不开对阳光的依赖
对于收获，只是一种水到渠成

村庄的表情和父亲一般严肃
沉默不语是记忆深处的烙印
起风和下雪都无法改变刻板印象
春日的鸟语唤醒沉睡中的美丽
盛装出席只是为了迎接一场邂逅
谁在稻田里卖力地歌唱和舞蹈
谁在用镰刀收割金黄的稻子

村庄用自己的生命养育了生命

在大地上行走，表达集体的敬礼

为了盛开的花也为了凋落的叶

轮回和迁徙的村庄是孤独的

来自哪里去到哪里无人问津

裸露的河床是心灵深处的快乐

昂扬的胸膛和意气风发的少年

一同奔赴在崎岖向上的征程中

成熟的麦子像印象派大师的作品

流淌在山水之间，定格成永恒

黄色的稻浪翻滚起滔天的热情

和理想一起走进火热的场面

奇迹快要诞生，掌声即将响起

歌颂村庄就是鼓舞人类的未来

2022年10月21日

岔路口

在熟悉的岔路口犹豫徘徊
每个人都会有这样的时刻
道别的方式很特别，有点生硬
没有拥抱，掌声变得很零落
嘈杂声混合着烤焦的味道
空气里弥漫着一股淡淡的忧伤
一切看上去都合乎情理
没有人会质疑选择的结果
哪怕迎接的将是大雨倾盆

站立的位置和姿势已经预制
看不出任何表演的痕迹
过往的一切，风格迥异而和谐
在岔路口的车辆没有方向盘
前行的勇气来自内心的声音
机器的轰鸣意味着热烈的场面
那些年的追逐已经流逝远走
光阴散尽，河滩上卵石累累

诉说着燃烧岁月的流淌和挥洒

万物皆有裂缝，没有例外
那是光照射进来的地方
指示牌很不起眼，立在岔路口
像个小丑一样无人问津
路的尽头，戛然而止的终点
延伸的余脉也显得力不从心
不必在乎路途的寂寞与无助
远山的呼唤就是清晰的地标
只要选择就有梦开始的地方

2022年10月31日

尘埃落定

暮色将至，事物平静下来
飞升的确定的都在空中盘旋
短暂的美好因为寂静而划过
等待的焦虑和不安接踵而至
岁月静好只是彩排中的环节
将近就近的时刻忐忑不已
落幕就意味着习惯的关闭
而新世界的大门还未开启
熟悉的声音和场景变得陌生
上演的剧目正在赶制成型

风正在急切地翻越那道山脉
界定的分水岭和天然的屏障
旋涡中的颗粒生成自由落体
随处飘飞的柳絮，精灵般灿烂
拥挤的初雪宣告新季节的来临
缤纷的落英顽强地支撑着颜面
最后一缕尘烟洒落在余晖里

生命的底色，简单明了的人生
当一切都回归到最初的状态
就到达了极致的境界和高度

梦想还在路上，没有抵达
远征的脚步迈出踏实的步调
前方的嘹亮声音吹响了集结号
注定要用胜利去祭奠那些逝去
并不是所有的美好都会开花
茁壮的庄稼要用汗水去浇灌
用力往前游才不会落入水中
岁月的山河演绎潮涨潮落
涌动的人群如同翻滚的河流
那些落定的尘埃又飞扬起来

2022年11月1日

沿着河流的方向

流淌是前行的最佳姿势和源泉
一路向前奔跑，大海不停呼唤
宽阔的胸怀在吸引万千河流
从雪山上流出柔弱的涓涓小溪
自由自在地奔流，任性而快乐
看沿途的花开草长，欣然自得
心中有执念，脚下就有力量
不顾一切阻挡，尽管疲惫不堪
往前不停地流就是使命召唤
成长的长度取决于吸纳的宽度

水往低处流也是方向和趋势
顺水推舟成为一种标准和规范
没有任何理由可以阻挡潮流
所有的质变都需要量的积累
暮色的钟声敲响，晚霞夕照正美
流逝的痕迹如同绽放的花朵
岸边的岩石独自承受不败的梦想

河流、纤夫和号子组成的图画

初升的朝阳映照在热腾的江湖

永不凋谢的确定迎接新的世纪

站在河流里看奔腾不息的气势

一望无际的大海淹没了所有

没有结束的时间和开启的预告

弹指一挥间，匆匆芳华释然

生活需要放声歌唱，过眼云烟

极速前进的步伐被沸腾包裹

浪簇拥着浪，前行在拥挤的路上

雪花飘落的方向是泥土的芬芳

冰冻的河流绽放理想的光芒

为了远方，昼夜兼程尽情奔放

2022年11月7日

保持燃烧

生命顽强抵抗，大地勃勃生机
万千事物在风雨中积蓄着能量
即将熄灭的火焰深埋在地下
燃烧的意义在于无穷的探究
新鲜的空气弥漫，稀释过滤
向上和向下运行的速度在递增
保持着火焰般的存在和激情
铿锵的节拍律动着狂浪的心
像海浪拍打着礁石发出的怒吼
亿万年形成不灭的热情和忍耐

不曾起舞就是对生命的辜负
曾经的伤痛将化作无穷的光芒
照亮黑暗和阴影笼罩下的记忆
尝试改变现状，恢复肌肤弹性
在时间深处永葆童真的种子
只要光照适宜，还有雨露滋润
就将上演发芽开花的茂盛景象

生命的意义就是燃烧和照耀

只留下灰烬和痕迹也无怨无悔

把背影葬送，让岁月沉淀

追逐真理是保持燃烧的源泉

昂扬起生命的头颅，抗争到底

跋涉千山万水来到理想的门口

历经沧桑的面庞写满了骄傲

山海虽远，心生向往笃行不怠

最后的抵达只剩下时辰的记忆

也许追梦可以释放澎湃动力

当暮鼓敲响，熄灭的火焰再燃

绚烂的烟火人间再度欣然荣耀

点缀在历史的不眠长河里

2022年11月8日

旧船票

汽笛的长鸣声早已消失

冰封的河道已被落叶覆盖

两岸的高山依旧怪石嶙峋

只有野花在石崖上蓬勃生长

孤独的船帆传来破碎的声音

那是一种生长的力量在积蓄

一张旧船票能否抵达港口

安然入眠的夜晚思绪翻滚

星空作答万物复苏热爱绵长

那些曾经执着和珍惜的事物

在未卜的历史长河里血肉模糊

不曾踏上的征程已经失控

预料的结果还在回望的边缘

无论怎样等候都要努力仰望

风雨兼程只因为心中执念

所有的一切终将归入大海

澎湃动力才有不竭的源泉

向往奔赴决定了存在的价值

航行就要直面波涛的冲撞
壮阔的场面具有震撼和诱惑
荒芜的土地即将破土重生
历史不会简单重复和流转
滚滚洪流踏浪而来随风飘散
那些影像终将成为泛黄的船票
抚慰人心的柔软拍岸而来
骄傲的理想从未远去和离开
绽放在河流之上航行之中

2022年11月13日

安然释怀

某些事物落下的身姿很美妙
如同一段优雅的旋律动人心弦
放下是一道难解的哲学命题
在掉落的过程中出现了意外
拾起那些残片寻找生动的茎叶
打捞的成就铺展开涌动的热潮
热火朝天的景象和欢呼呐喊
注定是生生不息的信念延伸
在某个时节里挺拔矫健的身姿
标注生命的宽度和向上的位置

挥汗在骄阳里淋湿在细雨中
狼狈不堪的日子有金属的质感
走在劳动的季节里感受温度
不能抗拒随遇而安的本分需求
以及不屈不饶的状态和抗争
在熙熙攘攘的人群里拨开云雾
委屈自己也不改初衷和名字

无路可逃不过只是一段旅程
弯下腰去拾起可能丢失的钥匙
洞穿一切终将成为追随的密码

无法续写的荣光将擦肩而过
遗憾和无奈需要坦然和勇敢
山河激荡着万物生长的力量
万年瞬息的历程铸就不朽丰碑
行进在泥泞的路上道阻且长
呼唤着内心的宁静坚韧不拔
高峰和低谷都是大地的胸怀
聆听来自地球深处的天籁之音
让梦想回归现实照亮阴霾
生机盎然的图景正蓬勃兴起

2022年11月13日

奔跑在目光里

金子般的日子就躺在河流里
波光粼粼映照出忙碌的身影
踏上跑道就只有注视远方
太阳从那里升起照耀着大地
内心翻滚着波涛拍打着礁石
奔跑在路上，风雨在肩上
日月星辰都融进了坚定的目光

每一次加油都是对生命的礼赞
每一次追赶都是对生命的呼唤
那些呐喊声蓬勃起旺盛的斗志
人群里拥挤着不甘落后的脚步
每一步都镌刻在时间的长河里
流过的每一滴汗水和眼泪
都会生长出果实来表达感恩

奔跑的意义不止于身体的涌动
目光的交汇地带有温暖和力量

生生不息的信念在支撑前行

趴下去匍匐着挪动也不能停顿

人潮汹涌而至，山海风光无限

抵达梦想的路上有荆棘密布

落英缤纷只为走进爱的目光里

2022年11月20日

红星路，有个诗人叫春泥

梁 平

春泥可以有很多隐喻。

梅花零落成的泥，依然料峭却已含春。春天的泥，落红生成的泥，又是守护万紫千红的。春泥"更著风和雨"的前世与"吟鞭东指即天涯"的今生，在大地写下的生命情书，从古至今连绵不绝。陆游的《卜算子·咏梅》："驿外断桥边，寂寞开无主，已是黄昏独自愁，更著风和雨。无意苦争春，一任群芳妒，零落成泥碾作尘，只有香如故。"龚自珍的《乙亥杂诗》："浩荡离愁白日斜，吟鞭东指即天涯。落红不是无情物，化作春泥更护花。"就是为这封情书留下的注脚。

诗人春泥，以春泥作他的笔名的时候，还是懵懂少年。这个名字最初与文学有关，随着岁月的递进，越来越深、越来越多的生命体验，让这个名字雪藏了二三十年以后，重现于世。之前的这个春泥，在大巴山一个普通中学的文学社写诗，以其青春的蓬勃活跃在四川、乃至全国各地的中学校园。那是20世纪90年代，中国纯文学徘徊在低谷，中学校园的文学热却方兴未艾。全国有两万多家中学生文学社团，聚集了上百万文学青年。在四川，我知道的这些文学青年名字还有卢一萍、聂作平、骆平、周劲松、曾蒙等，阵容强大，数不胜数。取过笔名的也不在少数，到后来那些笔名都放弃了，保留至今的春泥，已过中年，已经拒绝那些轻浅的风花雪月，我想，保留这个名字更深层次的领悟，应该是有了向死而生和死而后已的决绝，有了信念和情怀。

我认识春泥已经是新世纪2000年以后，在成都著名的红星路二段，我在路的这边《星星》诗刊主事，他在路的那边一家媒体主事。工作以及工作之外的交往多了，一碗茶、半盏酒，几乎每一次谋面都心有惜惜，成了彼此惦记的挚友。这二十多年，也是我从重庆来成都的二十多年，有的人从陌生到熟悉，心可相印。有的人从熟悉到陌生，渐行渐远。这就是人间世相，每个人都有自己的角色和需要不断甄别的朋友圈。从始而终留得下来的，不是越来越多就好，而是越来越少而精。

其实这么多年来，和春泥的交往与诗无关。之前所有的印象都是他作为职业媒体人到媒体行业"人物"的硬派印象，一张传统报纸向融媒体的强势转型，刚毅、果敢，以引领的行色把成都红星路制作成中国新闻的封面。所以更多时候，约聚的不守时或者爽约，几乎是他的常态，也没有人责怪。大家都了解他的职业让他不能朝九晚五，不能有常人一样的闲暇，不能在职业之外随心所欲。"抱歉，抱歉"是他经常给朋友们的见面礼。大家不仅习惯了，而且对于他的职业操守和敬业精神真诚的满怀敬意。有一次周末他约了阿来和我去南充，一个他们搞的活动，按照四川话说，就是"扎起"。活动是第二天一早，叫我们提前从成都过去在南充一起吃晚饭。我们如约而至，先是在嘉陵江边喝茶，而迟迟没见到他的"倩影"。天色已暗，主办方的人有点着急，不间断离座打电话询问他的经纬度，最后不得不跟我们说，他正在赶来的路上说不等他。出门在外，吃什么不重要，在哪里吃更不重要，按照阿来的提议，就近找了家店拼了几张小桌，江风就酒"呼儿嗨"了。他来的时候酒过三巡，还是"抱歉，抱歉"，说是已经上车出发，又接到任务需要处理，处理完任务紧赶慢赶，赶到南充江边已经晚8点了。落座以后二话不说，举杯阿来自罚三杯，再举杯向我，自罚三杯。酒是当地朋友家里拿来的酒，菜是江边小店的卤煮以及油炸花生米、蒜泥黄瓜、折耳根，不犯纪律。都知道他不胜酒力，从来没有见他这样喝过酒，都在劝别喝了，他连筷子都没有动一下，这几大杯酒下去，几乎是片刻就歪坐在竹椅上，一句话不说，眼睛似睁非睁，脸上写满歉意，我们却于心不忍了。

最近几年，春泥又开始写诗了。这让我想起身边很多热爱诗歌的人，无论是忙于生计还是抬举事业蒸蒸日上，十年、几十年与诗无缘的不在少数。但是诗歌的种子一直埋藏在内心深处，一有"风吹草动"，这粒种子就会发芽，就会蓬勃生长，无一例外。难怪有人说诗歌也是一种宗教，有一种声音一直在召唤。难怪有人说诗歌就是一味"毒药"，一旦服用过，一辈子没得解药。我倒是觉得，春泥重新开始写诗，是他这么多年在职场上身心都绷得太紧，需要缓冲，需要调节，需要抬头看云淡风轻，俯首与草木亲近。春泥之于阳光和大自然，注定一生挥之不去。

于是，他在湖边散步，能看见"那些干枯的枝桠斜插在水里／瘦小的身影出现在游动的角落／那里有不为人知的故事浮出／三三两两的话语里传递出笑声／夕照洒下来的余晖也荡漾开来／一圈又一圈地来回切换"。他在半夜写诗，"拒绝一切矫揉造作／在浮夸的世界里／急需朴实无华回归最初／最好的安排也不过如此"。是的，只有半夜一个人的时候，才不会矫揉造作。我读到他这些诗的时候，自然会联想到我在湖边散步和我在半夜起来写诗的情形，联想到每个人生命里所有的高光都可以灿烂，可以照耀，而此情此景才是最亲近的真实。能够找回这样的真实，才是生命应该活出来的样子。就像他在《万物生长》里所写到的"不要试图用一种色调来定义种子／多彩的画卷才是生长的意义"。

春泥的诗不是为写而写，而是事业打拼、人生际遇和生命体验的另一份记录。这里有对人生过程和生命意义的思考，有走进幽微里的轻松与惬意，有日常生活的计较和不计较，更有认知世界与油盐酱醋的平和。很多人闲暇有很多爱好，比如品茗，比如饮酒，比如打牌，比如其他，这些似乎在他那里都很疏离。重新捡回诗歌也是他日常快乐的业余。这些年，在《光明日报》《解放军报》《诗刊》《草堂》《星星》等陆续看见他的作品，读一次获得快乐一次。四川文艺出版社即将出版他第一本诗集《时间的河流》，付印之前，我本来想就诗集说个三道个四，但是诗歌之外与春泥二十余年交往，感觉有其他话要说，就有了这篇短文，让读者在这篇短文里看见另一个春泥。

面对即将出版的春泥第一本诗集《时间的河流》，可喜，可贺！值此，案头正有一本闲书《菜根谭》在读，摘用里面的一句与春泥共勉："宠辱不惊，看庭前花开花落；去留无意，望天上云卷云舒。"

是为跋。

2023年4月17日于成都没名堂